Werner Marischen

„Ey, Man!"

AF140141

Werner Marischen

„Ey, Man!"

Lebenserinnerungen

Wenn du niemandem mehr traust,
Schließe die Türen zu,
Auch deine Fenster,
Damit du nichts mehr schaust.

Sei still in deiner Stille,
Wie wenn dich niemand sieht.
Auch was dann geschieht,
Ist nicht dein Wille.

Und im dunkelsten Schatten
Lies das Buch ohne Wort.

Was wir haben, was wir hatten,
Was wir ...
Eines morgens ist alles fort

J. Ringelnatz

Copyright 2023 beim Autor

Umschlaggestaltung:
HechtDesign

Herstellung und Verlag

BoD - Books on Demand,
Norderstedt

ISBN 978-3-7386-0982-0

Für meine Enkelkinder:
Jarne, Hanna, Annike, Justus, Frida und
Niklas.
in Zuneigung und Dankbarkeit

Inhalt

Native Speaking

„Native Speaking, das ist es, worauf es ankommt", behauptete Leo. Er werde wie immer mit seiner Clique nach Cambridge fahren, um dort in den Sommerferien an einem vierzehntägigen Englischunterricht teilzunehmen. Seine brachliegenden Sprachkenntnisse gehörten auf Vordermann gebracht, und selbstredend sei auch davon auszugehen, dass sprachliche Fähigkeiten in Ausdruck und Aussprache gleichermaßen profitierten. Wir waren mächtig beeindruckt und noch mehr verblüfft, zumal uns eine derart bildungsversessene Motivation unseres Mitschülers bisher noch nicht untergekommen war. Wir kannten und schätzten ihn als einen eher fröhlichen, unbekümmerten, sich selbst gefallenden Bonvivant.

Ob denn noch eine Mitfahrgelegenheit bestehe, wollte ich wissen. Leider nein, diese Exkursion werde alljährlich von den durchweg betuchten Eltern seiner Clique organisiert, ein Personenwaggon, der in Köln und London den regulär verkehrenden Zügen angehängt werde, fahre bis zum Zielort Cambridge, so dass keiner von ihnen verloren gehe. Was dieser Spaß koste, wisse er auch nicht, sei aber zweifellos nicht ganz billig. Rumms! Das saß.

Sein anmaßender Auftritt mochte ihn gereut haben. Am nächsten Tag erklärte er, man könne natürlich auch ganz individuell reisen und als sogenannter *paying guest* bei einer Gastfamilie unterkommen. Eine hierauf spezialisierte Agentur in Hamburg vermittle derartige Aufenthalte in ganz England.

Ich hörte das erste Mal von der Möglichkeit einer gewerbsmäßigen Aufenthaltsvermittlung von Schülern in sprachlich relevanten Länder, wurde neugierig, überzeugte meine Eltern und buchte am folgenden Tag einen zehntägigen Aufenthalt bei einer Familie in Bournemouth, einer mittelgroßen Stadt an der Südküste Englands. Vier weitere Tage wollte ich anschließend in London verbringen und mich dann dort der ebenfalls rückreisenden Clique von Leo anschließen. Ich war noch nie im Ausland gewesen und freute mich nun umso mehr auf an- und aufregende Tage in einer fremden und eben auch fremdsprachigen Umgebung.

Auf der Zugfahrt blieb mir allerdings nur die Rolle eines ausgesperrten Beobachters. Die Gruppe um Leo verstand sich als geschlossene Gesellschaft. Ihre Ausgelassenheit und Vorfreude auf vierzehn Tage Partyvergnügen und Amüsement war noch im übernächsten Abteil zu hören. Trotz des Gefühls, mir werde eine Zugehörigkeit verwehrt, wollte ich dieses Empfinden nicht zu erkennen geben und es mit einer persönlichen, geschäftig-freundlichen Verabschiedungsgeste kaschieren.

Langsam rollte die dampfbetriebene Lok in den überdachten Bahnhof. Hier in Waterloo Station musste ich den Zug verlassen und in einen anderen umsteigen, der quasi in entgegengesetzter Richtung an die Südküste Englands fuhr. Mit knappem Gruß, ein Wiedersehen andeutend, verließ ich das Abteil. Ich war allein, aber nicht unglücklich. Ungeachtet der schier atemberaubenden Fülle von Reisenden, die es allesamt sehr eilig hatten und offensichtlich sehr genau wussten wohin sie wollten, spürte ich weder Verlassenheit noch Unsicherheit. Im Gegenteil, eine Lust auf Abenteuer stellte sich ein. An einem Informationsschalter, besetzt mit einem freundlichen Auskunftsgeber, erfragte ich die Organisation des britischen Zugverkehrs, des Ticketerwerbs, der Bahnsteigkontrolle und saß wenig später in einem *express train* auf dem Weg nach Bournemouth.

Auch nach dem zweiten und dritten Klingeln rührte sich nichts. Ich stand vor einem eher unauffälligen Bungalow, nicht mehr ganz neu, aber durchweg gepflegt. Hier hatte ich für zehn Tage Kost und Logis gebucht, aber anscheinend wartete niemand auf mich. Erneut verglich ich die Adresse

– es gab keinen Zweifel, ich stand vor dem Haus meiner Gastgeber. Alle Fenster im Parterre waren mit Gardinen verhangen und verwehrten jeglichen Einblick. Zu klopfen wagte ich nicht. Die Bewohner waren ganz offensichtlich nicht zu Hause.

Die Stimmung drohte zu kippen, ein ungutes Gefühl machte sich breit. Hatte ich etwas missverstanden? Konnte ich mir nicht vorstellen. Vielleicht auf Seiten des Vermieters? Waren diese schon längst in ihren lange vorbereiteten Urlaub gefahren, genossen mediterranes Flair und scherten sich nicht, da ohne Wissen und Gewissen, um die Nöte ihres verzweifelt Kontakt suchenden Feriengastes?

Alles eher unwahrscheinlich. Ich setzte mich auf eine gemauerte Einfriedung und überlegte, was zu tun sei, wenn meine Gastgeber heute tatsächlich nicht auftauchen sollten. Auf jeden Fall wollte ich den Abend abwarten, bevor ich mich um eine alternative Unterkunft bemühte.

„Can I help you?" klang es plötzlich freundlich jenseits des Zaunes. Der Nachbar hatte diesen neugierigen, hartnäckig Einlass begehrenden Besucher wohl schon eine Zeit lang beobachtet, gerätselt, was der wohl im Schilde führte, und beschlossen, der Sache auf den Grund zu gehen. Ich erklärte ihm meine missliche Lage, und er lud mich zum Tee und Verweilen, bis meine Gastgeber zurück sein würden, denn sie seien wohl nur für einen längeren Einkauf in die Innenstadt gefahren. In angenehmer Tea-time-Atmosphäre beantwortete ich dankbar und geduldig die Fragen des Nachbarn und seiner Frau. Ob sie diese stellten, weil sie mich unterhalten wollten oder weil sie wirklich interessiert waren, konnte ich nicht erkennen. Auffällig war jedenfalls ihre Neugier, wie denn meine Verbindung zu ihren Nachbarn zustande gekommen sei.

Als meine Gasteltern Stunden später eintrafen, kam ihnen ihr Nachbar gemessenen Schritts entgegen wie ein Kontrahent, dem der Zufall die rechten Argumente zur rechten Zeit zugespielt hatte und der diese Chance jetzt auch nutzen wollte: Ihr Gast habe keine Not gelitten, sei mit Tee und Gebäck verköstigt und mit freundlicher Konversation bei Laune gehalten worden. Das habe er gern gemacht und werde es jederzeit wieder tun, wenn es mal notwendig sein sollte.

Diese Mitteilungen waren sehr höflich, sehr sachlich, fast beiläufig vorgebracht worden, so dass es schwer fiel, darin einen subtil formulierten Vorwurf zu entdecken. Und selbst wenn, diesem auffällig attraktiven Ehepaar von vielleicht fünfzig Jahren hätte es wohl nicht viel ausgemacht. Sie bedankten sich mit wenigen Worten, sprachen von einem Missverständnis auf Seiten der Vermittlungsagentur und luden mich zu einem gemeinsamen Pub-Besuch noch an diesem Abend ein.

Fast geräuschlos glitt der Jaguar über die breite Uferstraße, welche zum Meer hin von mächtigen, hochgewachsenen Palmen gesäumt wurde, mit einer Baumart, die offenbar schon seit vielen Jahrzehnten hier gewachsen war. Ich war bisher immer der Meinung gewesen, Palmen könnten frühestens südlich mediterraner Breitengrade gedeihen und überleben. Und nun standen sie hier, in Englands Süden bei bester Gesundheit.

In Filmen, die von großer Liebe und verlässlichem Happy End handelten, waren fast immer mit Palmen besetzte Landschaften zu sehen und je mehr Palmen darin vorkamen, umso herzzerreißender das verfilmte Epos – und hier standen eine Menge Palmen.

Das Wageninnere wirkte sehr gediegen, sehr gepflegt, sehr kostbar. Das Leder der Sitze roch wie neu verarbeitet. Die vergleichsweise klein gehaltenen Armaturen waren in metallene, messingfarbene Rahmen gefasst. Das Licht darin sowie die leuchtenden Anzeigen machten sie geheimnisvoll, spiegelten das Innenleben dieser Karosse, machten staunend stumm. Allein das Ticken der Uhr ließ sich deutlich vernehmen, es klang vertraut und gab mir die Gewissheit, ich werde schon noch zurückfinden in mein früheres Schülerleben einer norddeutschen Kleinstadt – wenn ich denn aus diesem Traum erwacht wäre.

Entspannt zurückgelehnt steuerte Jack den Jaguar routiniert auf der kurvenreichen Uferstraße. Von schräg hinten erinnerten mich seine Konturen an den damals recht populären Schauspieler O.W. Fischer. Neben ihm das nicht minder aufregende Profil seiner Frau Patti.

Sie hatten sich gleich zu Beginn mit ihren Vornamen vorgestellt, was mich zunächst sehr irritierte. Ich begriff das nicht, war nicht vertraut mit englischer Etikette und stammelte fragend die förmlichen Anreden von Mr. und Mrs. McIntyre. Patti zeigte sich amüsiert, neigte sich zu mir und forderte mit schelmisch gespielter Ernsthaftigkeit: „Sir, your first name please. Sir, that's all we need!"

Ich war auf der Stelle in ihre schmeichelnde Stimme und ihre humorvolle Art verliebt und nannte – wohl immer noch unter dem Eindruck einer vermuteten Bloßstellung – meinen Spitznamen *Joe*, den mir meine Klassenkameraden erst vor kurzem verpasst hatten.

Jack und Patti bemühten sich um eine lockere, mich in Stimmung bringende Laune. Offensichtlich plagte sie noch das schlechte Gewissen, meine Ankunft um mehrere Stunden verpasst zu haben. Sie glaubten wohl eine Art Wiedergutmachung leisten zu müssen, stellten viele persönliche Fragen, kommentierten und interpretierten die Politik und die Politiker ihres Landes in einer Weise, die mich glauben machten, es seien ehrliche, fundierte Kommentare, Ergebnisse vieler Diskussionen und reiflicher Überlegung.

Manchmal allerdings wünschte ich mir, sie ließen es gut sein, zwängen mich nicht zu Dialogen, die Wachsamkeit und Anstrengung verlangten. Lieber hätte ich die Palmen, das Wasser und die Lichter einer im Berghang gelegenen Siedlung jenseits dieser Bucht beobachtet – hätte geschwiegen, den intensiven Geruch des Leders gespürt und gewusst, dass ich mit zwei überaus freundlichen, mir anscheinend verpflichteten Gastgebern zu einer ganz speziellen Art von Kneipe, zu einem Pub, einer Institution britischen Gesellschaftslebens fuhr.

Eine unbändige Lebenslust ergriff mich.

Es war schon jetzt alles so ganz anders, so phantastisch anders, wie ich es nie erwartet hatte. Vielleicht hatte es mit dem verlorenen bzw. gewonnenen Krieg zu tun, schoss es mir durch den Kopf: Der Verlierer lebt ein tristes, langweiliges Leben auf dem Land – ohne Aussicht, daran je etwas ändern zu können. Der Gewinner fährt Jaguar, lebt in südlich anmutender Umgebung, amüsiert sich all-abendlich im Club und sieht obendrein noch ver-dammt gut aus.

„Blödsinn!, Joe", ermahnte ich mich. „Du bist noch keine vierundzwanzig Stunden im Land und maßest dir schon solche Urteile an. Lass es sein. Besser, du bleibst wachsam und wappnest dich für all die Überraschungen, die du hier noch erleben wirst." Nach einer halben Stunde Fahrt war das Ziel erreicht. Noch bevor wir das Gebäude betra-ten, erreichte uns das Stimmengewirr der zechen-den Pub-Besucher. Töne, die mir durchaus vertraut waren.

Ich hatte schon häufig hinter der Theke unserer Dorfkneipe gestanden, wenn mein Vater, der nicht mehr ganz gesund war, darum bat. Viel zu jung und unerfahren hörte ich sie dann reden: zumeist von den typischen Alltagssorgen einer Landbevöl-kerung, der skandalösen Ausgrenzung hiesiger Landwirte bei der Zuteilung staatlicher Finanzhil-fen, der Geringschätzung der Landwirtschaft über-haupt in diesen entbehrungsreichen Nachkriegs-zeiten, aber auch von einem persönlich widerfahre-nen Liebesleid, erlittenem Unrecht, Rachegefühlen und handgreiflich geführten Auseinandersetzun-gen.

Zu später Stunde beichteten sie nicht selten

Kriegserlebnisse, dabei durchweg ihr Tun rechtfertigend, empörten sich über das unrühmliche Ende der Hitlerzeit, das sie vor allem als schmachvolle Niederlage und keineswegs befreiend empfanden. Zu widersprechen wagte ich nicht, nicht nur, weil mir die passenden Argumente fehlten, sondern auch deshalb, weil der lauthals Tönende seinem Gegenüber drohend ins Auge blickte und nur darauf zu warten schien, dass der sich rührte, um ihn dann rüde mit aggressiver Schärfe und Lautstärke zum Schweigen zu bringen.

Aber ihre Geschichten faszinierten, ließen mich glauben, ich sei schon Teil ihrer Erwachsenenwelt, kenne die darin beschworenen Probleme und ihre Lösungen schon jetzt, lange bevor sie einmal für mich zum Problem werden könnten.

Ich spürte früh ihre Stimmungen und Erwartungen, lernte schnell, die Unglücklichen zu trösten, die Aufgebrachten zu besänftigen, den Redseligen die Themen zu nehmen und so ihren Offenbarungsdrang in ganz unterschiedlicher Weise in meinem Sinne zu beeinflussen.

Die Einrichtung dieses Pubs schien aus dem vorigen Jahrhundert zu stammen. Massive Gebrauchsspuren demonstrierten für jedermann sichtbar, dass er schon vielen Generationen ein Ort der Zuflucht gewesen sein muss, ein Ort, von dem man wusste, wen man hier wann treffen würde, auf den man sich immer leicht einigen konnte. Hier ließ sich anregend mit Gleichgesinnten plaudern, mit Freunden und Gegnern streitig argumentieren und bei wohlig vernebeltem Bewusstsein nach getaner Arbeit den Feierabend genießen.

Jack und Patti waren hier bestens bekannt. Sie stellten mich Bekannten und Freunden vor, und immer klang es so, als ob ein guter Bekannter für einige Zeit bei ihnen zu Besuch sei. Woher ich denn komme, war fast immer die erste Frage. Einige erklärten dann, ganz in der Nähe gegen eine deutsche Übermacht gefochten und nie verloren zu haben, und wollten dann wissen, wie es denn heute dort aussehe.

Hierauf wusste ich nie so recht zu antworten. Eigentlich hätte die Antwort lauten müssen: so wie es heute dort aussah – also dort, wo ich aufgewachsen war, auf dem Lande –, sah es so aus, wie es dort schon immer ausgesehen hat. Sichtbare Schäden, zerstörte Häuser, zerbombte Straßen oder Betriebsstätten hatte ich nach dem Kriege nirgendwo gesehen. Aber zu erklären, all ihr soldatischer Einsatz habe keine Spuren hinterlassen, in einer Region, in der britische Streitkräfte ihr Leben riskiert hatten, um ein mörderisches Regime in die Knie zu zwingen, das würde ihnen nicht gefallen, es könnte auf mangelnden Mut und fehlende Entschlossenheit des Siegers verweisen.

Und so berichtete ich lieber von der katastrophalen Versorgungslage und dem Problem der Unterbringung von Millionen von Flüchtlingen aus den deutschen Ostgebieten. Dann nickten sie zustimmend, schauten einander an, brachten sich die Luftaufnahmen total zerstörter Städte Deutschlands in Erinnerung und nicht selten ließ sich schrecklicher Stolz vermuten: Das soll uns erstmal einer nachmachen!

Ich hatte aber auch nicht den Eindruck, sie erwarteten eine Schuld-Anerkennung bezüglich der Rolle der Deutschen im Zweiten Weltkrieg. Schließlich hatten sie ja zusammen mit ihren Verbündeten gesiegt und vergleichsweise wenig gelitten.

Überhaupt herrschte hier eine recht entspannte, unaufdringlich launige Atmosphäre. Sie alle schienen mit sich im Reinen, blickten sie doch auf eine ruhmreiche jahrhundertealte Vergangenheit zurück, die als solche im Schulunterricht prominent vermittelt wurde und in vielfach nachgestellten Schlachten auch unmittelbar erlebt werden konnte. Mit dieser Historie und entsprechend gepflegtem Bewusstsein konnte sich auch die typisch britische Eigenart des Understatements entwickeln, konnten

Toleranz und Fairness gedacht und gelebt werden. Ich habe weder an diesem Abend noch bei weiteren Besuchen eine unangenehme, ernsthafte Auseinandersetzung erlebt.

Die Besucher schienen aus allen Gesellschaftsschichten dieser Region zu kommen: wettergegerbte Gesichter, typisch für Leute, die sich viel außer Haus an der frischen Luft bewegen, und andere, deren vornehme Blässe und gepflegtes Äußere auf eine Angehörigkeit zur *upper class* schließen ließen.

Ein besonders lebhafter Wortwechsel war aus einer Sitzecke unweit der Theke zu vernehmen. Mal im Ton herausfordernd deutlich, mal versachlichend Ruhe anmahnend, dann verschwörerisch ein Geheimnis andeutend und immer wieder klarsprechend ihr Verhalten bestätigend. Wortfetzen, die ich vernahm und verstand, ließen erkennen, dass sich die Gesprächsteilnehmer über ein Börseninvestment unterhielten, und dieses schien über die Maßen geglückt zu sein. Ob und inwieweit sie persönlich davon profitiert hatten, war jedoch nicht auszumachen. Ich hatte eher den Eindruck, als ob sie sich ganz bewusst aus diesem Geldbeschaffungscoup herausreden wollten.

Aber Patti wusste es besser: „Joe, do you see that red head man over there?" Der war in der Tat nicht zu übersehen. Er saß inmitten dieser lebhaft diskutierenden Gruppe, deutlich übergewichtig, mit borstig rotblondem Kurzhaarschnitt, immergleicher heiterer Miene, nur gelegentlich das Wort ergreifend, und erinnerte so ein bisschen an den Philosophen und Religionsstifter Buddha.

„Poorly educated, but richest man in town", raunte Patti. Was sollte ich darauf antworten? Dass der Intellekt nicht mit der Höhe des Einkommens korreliert, schien mir schon damals eine Binsenweisheit. Ich hob nur leicht die Schultern.

Doch dann wurde klar, warum ihr dieser Mann besonders missfiel: „Jack left the London School of Economics with excellent grades, but is now busy in middle management of investment banking." In ihren Augen ein Ärgernis. Als Absolvent einer angesehenen Universität durfte man davon ausgehen, dass sich das Studium auch beruflich und gesellschaftlich auszahlte. Und Patti ließ keinen Zweifel daran, dass Jack sein Wirtschaftswissen an einer der renommiertesten Univertäten Englands erworben hatte. Möglicherweise wurde ihr Mann ja durchaus bildungsgemäß und in erwartbarer Position beschäftigt – aber die plötzliche und direkte Konfrontation mit dem unverdient reich und glücklich gewordenen Redhead konnte sie nicht schweigend hinnehmen.

Jack hingegen schien gegen derartige Missgunst

völlig immun zu sein. Er hatte sich in den Kreis dieser Gruppe begeben und besprach sich mit Redhead. Offensichtlich erklärte er ihm das Auf und Ab von Kursbewegungen: Seine rechte Hand deutete einen bestimmten Kurswert an, während seine Linke sich um dieses Niveau herum auf und ab bewegte. Bei aufsteigenden Ausschlägen folgte seine Rechte in kaum wahrnehmbaren Schrittweiten, bei fallenden verharrte sie auf dem zuvor erreichten Niveau. Augenscheinlich demonstrierte Jack eine besonders gewinnversprechende Logik beim Handel von Aktien. Patti gefiel das nicht. Sie sah nur, dass ihr Mann das Vermögen dieses Nichtsnutzes noch einmal vermehrte. Ein Skandal!

Aber ihr Mann fühlte sich wohl, schien Spaß an seiner Rolle als Helfer und Erklärer zu haben. Überhaupt hatte ich den Eindruck, er habe auf diese Gelegenheit gewartet, könne jetzt mit Freunden und Vertrauten, mit Gegnern und Befürwortern diesen Tag noch einmal in Gemeinschaft erleben, Entscheidungen rechtfertigen, Niederlagen beklagen und übereinstimmend feststellen, was noch alles zu geschehen habe, um zu verhindern, dass ihr British Empire endgültig in der Bedeutungslosigkeit versank.

Während Patti immer mal wieder zu ihrem Mann hinüberblickte, schaute der nicht ein einziges

Mal zu ihr. Er ging wohl davon aus, dass seine Frau hier nur Freunde hatte, die allesamt gern ein Wort mit ihr wechselten, außerdem war ja auch Joe, ihr paying guest bei ihr, dessen Anwesenheit ja zeigte, dass sie durchaus nicht verlassen worden war.

Ich staunte über die vielen kleinen Schälchen mit Nüssen, Oliven, Chips und ähnlichen Knabbereien, die den Gästen zum kostenlosen Verzehr angeboten wurden – und wie zurückhaltend davon Gebrauch gemacht wurde. Nach dem Genuss einer Pint-Hälfte meines light ale, einer englischen Biersorte mit wenig Alkohol, wurde ich mutiger, nahm mir ein wenig von dem ausgestellten Gebäck, eher salzig als süß, eigentlich nicht mein Fall, und stellte mir vor, was passieren würde, wenn in unserer Dorfkneipe ein entsprechendes Gratisangebot auf der Theke stünde. Ein absurder Vergleich! Nicht wirklich zum Schmunzeln.

Ein durchaus repräsentativer Querschnitt der englischen Bevölkerung, verliebt in seine ruhmreiche Historie, geübt im rücksichtsvollen Umgang miteinander, im Vergleich mit meinen durchweg ländlichen Kneipenbesuchern, denen die Schrecken des Zweiten Weltkrieges noch in den Knochen steckten, die noch nicht wirklich begriffen hatten, was und wie ihnen geschehen war, und sich einzig zu kümmern hatten, damit sie einigermaßen über die Runden kamen: Die Schälchen könnten gar nicht groß genug sein.

Kurz vor 23:00 Uhr ertönte eine Glocke und jemand verkündete „last order please!".

Anders als ich es von Mitschülern gehört hatte, entstand kein hektischer Wettbewerb um die fristgerechte Platzierung von Alkoholika, deren Verzehr sie noch für diesen Abend geplant hatten. Diszipliniert wurden dem Barkeeper die Bestellungen zugerufen, von diesem gewissenhaft notiert, routiniert zubereitet und dem Besteller zur Abholung bereitgestellt.

„Do you like another drink?" Ich wusste gar nicht wie zu antworten, damit sie erkannten, wie sehr mich ihre Gastfreundschaft und Großzügigkeit in Verlegenheit brachte. Außer einem „Oh no, I am happy", brachte ich nichts zustande. Aber sie hatten wohl auch nichts anderes erwartet und erklärten, dass man jetzt besser gehe, bevor sich die Gäste mit dem rechtzeitigen Konsum der zahlreich bereitgestellten Spirituosen beschäftigen würden.

Dankbar und glücklich lehnte ich im Polster des Jaguars und genoss die kurze Rückfahrt. Vor wenigen Tagen noch, durch das Vorhaben eines Schulkameraden herausgefordert, hatte ich einen Ferienaufenthalt in England gebucht, ohne besonderes Interesse, wohl nur deshalb, um seiner Großspurigkeit etwas entgegenzusetzen. Ob und wie es dort anders sein könnte als in Deutschland, in meiner Heimat, darüber hatte ich mir überhaupt keine Gedanken gemacht – wozu auch? Derartige Überlegungen hatten ja auch mit der eigentlichen Motivation meiner Reiseplanung nichts zu tun gehabt.

Allein das Argument, dass dort Englisch gesprochen wurde und mir dies doch zu besseren Schulnoten verhelfen könnte, besaß Gültigkeit und konnte überzeugen.

Und jetzt: Versetzt in eine Landschaft, welche einer romantischen Verfilmung italienischer Folklore hätte entliehen sein können, bei Gastgebern, gutsituiert und großzügig, die der Meinung waren, sie müssten etwas wieder gutmachen, was sie mir angetan hatten, inmitten einer Gemeinschaft von Kneipenbesuchern, in der alle Gesellschaftsschichten dieses Landes vertreten zu sein schienen, in der eine *lower class* ihre Sorgen und Nöte beklagte und gleichzeitig von Vermögenden und Angehörigen einer *upper class* ein gelungener Börsencoup gefeiert wurde.

Ich schloss die Augen, ... und in diese aufwallende Euphorie hinein warnte unüberhörbar eine mahnende Stimme, wie unverdient mir dieses Glück zuteil geworden sei, niemals könne es von Dauer sein und wenn ich es nicht zügele, werde die allfällige Ernüchterung mich umso gravierender treffen.

Mag sein, doch ich war nicht gewillt, von dieser Freude zu lassen. Selbst wenn von morgen an Langeweile und Verdrossenheit gedroht hätten, hätte sich meine Englandreise schon jetzt gelohnt gehabt.

„Hey Joe", erlöste mich Patti von meinen selbstquälerischen Überlegungen, „there is no specific time for breakfast. Everything is available, porridge, eggs and bacon, coffee and others – the kitchen is yours."

„You are not English"

Ich war schon eine ganze Weile wach, hatte aber noch keine Geräusche vernommen, die auf eine Tätigkeit meiner Gastgeber hätten schließen lassen. Als erster, der sich unbeobachtet ein üppiges Frühstück bereitete, wollte ich jedoch nicht wahrgenommen werden. Andererseits: *anytime* hieß doch *zu jeder Zeit*, also – noch immer im Hochgefühl der tags zuvor erfahrenen Überraschungen – entschloss ich mich, jetzt mein Frühstück zuzubereiten, möglichst unbemerkt, ohne ein verräterisches hörbares Aufziehen und Schließen von Boxen und Laden, die als Aufbewahrungsort für Frühstückszutaten vermutet werden konnten. Notfalls würde ich mich mit einem zusammengerührten Porridge-Brei und einem Glas Wasser begnügen.

Vorsichtig öffnete ich die Küchentür – und sah Patti im Teenageralter. Es war ihre Tochter Cathy. „Hey Joe, come in and please, help yourself", begrüßte sie mich freundlich und wies mit einladender Geste auf das Küchenbord, welches wohl all die Köstlichkeiten enthielt, die mir Patti am Abend zuvor aufgezählt hatte. Cathy war wohl in meinem Alter, von ihrer Mutter in die Ehe mit Jack eingebracht worden und das einzige Kind dieser Familie. Cathy war in Eile. Wenn sie jetzt nicht aufbreche, werde sie unweigerlich zu spät kommen; eine Verfehlung, die man sich an ihrem College besser nicht erlaubte. Sprach's und verschwand.

Was ich denn nun vorhabe, wollte Patti wenig später wissen und staunte nicht schlecht, als ich bekannte, das wisse ich auch nicht so genau: Vielleicht den Strand entlang wandern, auf angeschwemmte Schätze hoffen, in Geschäften den sprachlich unbeholfenen Kaufinteressenten mimen, dem in Ausdruck und Wortwahl gern geholfen werde oder einfach nur aufs Meer schauen und davon träumen, wie es sich wohl anfühlte, wenn man Bürger dieses Landes wäre und hier in dieser Stadt lebte.

Patti war es gewohnt, dass ihr Feriengast wenigstens den Vormittag in einer der hier zahlreichen *summer schools* verbrachte, um seine sprachlichen Defizite aufzuarbeiten, und dass er sein neuerworbenes Wissen noch am selben Tage im Alltagstalk mit der einheimischen Bevölkerung erprobte. Sicherlich wurde diese Art des Selbststudiums mit unterschiedlichem Eifer betrieben und manchmal eher ohne Einsicht und ohne Motivation. Aber dass jemand überhaupt nicht an einem Schulbesuch interessiert war, hatte sie noch nicht erlebt.

Ich vermutete überdies, dass sie mich aufgrund

meiner deutschen Herkunft als besonders ehrgeizig und zielstrebig einschätzte und nun feststellen musste, dass dieser Feriengast so gar nicht ihren Vorstellungen entsprach. Zu erklären, welche Umstände meiner Entscheidung zugrunde gelegen hatten, unterließ ich dann aber doch. Es hätte zu sehr nach einer Entschuldigung geklungen und wäre aufgrund meiner sprachlich noch sehr beschränkten Möglichkeiten womöglich völlig misslungen. Aber Patti schien mitnichten enttäuscht zu sein, schaute eher amüsiert, pries die Pier und den Strand ihrer Stadt und wünschte „enjoy the time".

Neugierig wanderte ich durch verschiedene Geschäftsstraßen Richtung Strand. In einem altehrwürdig wirkenden Gebäude aus viktorianischer Zeit boten zahlreiche Gemüsehändler ihre Waren an. Viele Produkte hatte ich noch nie gesehen und allesamt sahen sie so aus, als ob sie nur in sehr warmem Klima gedeihen könnten. Aber für ein Land, dessen Kolonien zahlreich waren und sich in der ganzen Welt verteilten, bot der Bezug derartiger Kolonialwaren wohl keine Probleme.

In stummer Bewunderung schlenderte ich an den exotisch anmutenden Auslagen vorbei, rechnete die mit Pound, Shilling und Pence ausgepreisten Waren in DM-Werte um und stellte zu meiner Überraschung fest, dass Produkte, die es auch in meiner Heimat gab, hier nicht teurer, meistens sogar billiger waren.

Im Gewusel von Käufern und Verkäufern, von Passanten und Spazierenden wurde mir keinerlei Beachtung geschenkt. Und wenn mich mal einer eines Blickes würdigte, dann eher mit Unverständnis. „Junge, du schaust und staunst, schaust, staunst und rechnest und weist es am Ende immer noch nicht." Aber sie alle wussten ja nicht, dass ich ein Fremder war, aus einem Land kam, dessen Kultur, dessen Maß- und Währungssystem so ganz anders waren als die ihrigen, ganz zu schweigen davon, dass sie sich – einer schrulligen Laune erlegen – für den Linksverkehr entschieden hatten, obwohl doch ein nicht so kleiner Rest der Welt die andere Straßenseite bevorzugte.

Unerkannt inmitten dieser Gesellschaft Einheimischer zu spazieren, das hatte was. Ich empfand mich und meinen Status auf naive Art als besonders und genoss dieses Gefühl scheinbarer Exklusivität.

Nach einer Weile verließ ich die Einkaufshalle und stieß auf der stark belebten Einkaufsstraße auf eine Gruppe fröhlich lärmender junger Deutscher. Unüberhörbar die gespielte Empörung ihres Wortführers, der sich über die maßlosen Erwartungen seiner Eltern lustig machte, die von ihm den

Erwerb eines anerkannten Sprachzertifikats forderten: „Schicken mich hierher und erwarten schon nach drei Wochen die Abschlussprüfung!"

„Völlig verrückt", erklärte ein mitfühlender Kamerad.

„Sollen sie die doch selber machen!", lachte schadenfroh ein frech blickendes Mädchen aus der Gruppe. Verdutzt schaute ich ihnen hinterher. Derartige Sorgen hatte ich nicht.

Meine Eltern ließen mich in fast allem gewähren, was ich plante oder tat, wohl weil sie mit der Bewältigung eigener Probleme vollauf beschäftigt waren und manches Mal auch deshalb, weil sie selber es nicht besser wussten.

Nach dieser Begegnung war mir jedenfalls auch klar, dass meine mit Stolz gedachte Exklusivität beileibe nicht so exklusiv war, wie ich sie mir vorgestellt hatte und sie zusätzlich noch an Wirkung verlor, weil diese jungen Leute offenbar gar nicht daran dachten, ihren Ausländerstatus zu mögen, nichts Besonderes daran fanden, allein deshalb hier waren, um größtmöglichen Ferienspaß zu erleben. Sie waren ganz sicher nicht das erste Mal hier.

Je mehr ich mich dem Strand näherte, um so häufiger begegnete ich jungen Ausländern: Franzosen, Skandinaviern, Italienern, Spaniern u.a. Mit jeder Begegnung verlor sich meine Vorstellung von

Besonderheit, bis sie so gut wie gar nicht mehr existierte.

Am Abend schilderte ich Patti meine Beobachtungen und sie erklärte mir – wohl sehr verwundert, dass ich dies alles nicht wusste – lang und breit, dass der Süden Englands eine bevorzugte Region junger Studierender, Schüler und karrierebewusster Berufsanfänger vor allem aus Europa sei, die hier ihre englischen Sprachkenntnisse zu entwickeln, zu erweitern und im sprachlichen Dialog zu schulen versuchten. Englisch sei nun mal die Sprache von Wissenschaft und Wirtschaft und somit unabdingbar für eine erfolgreiche Karriere.

Ich schaute wohl ein wenig ungläubig, war uns doch in und auch außerhalb der Schule viel von deutscher Ingenieurskunst, pharmazeutischer Weltgeltung und einer Vielzahl deutscher Nobelpreisträger in den Naturwissenschaften erzählt worden, so dass wir auch die zugehörige Sprache als gleichermaßen bedeutsam empfanden. Patti, die mein Zaudern erkannt hatte, ergänzte nicht ohne Stolz: „It doesn't matter whether you like this language or not, it's a must!"

Ich spürte ihren Stolz und versicherte, ich liebe ihr Land und seine Bewohner und deren Sprache schon deshalb, weil diese einer Mundart meiner Sprache, dem Plattdeutschen, in vielen Bereichen sehr nahekäme. Ob sie meine Übertreibung erkannte oder meine Wertschätzung für angemessen hielt, konnte ich nicht erkennen.

Das Ende der Fußgängerzone wurde abrupt durch einen quer verlaufenden Strandweg markiert. Von hier erhielt man einen überraschend unverstellten Blick aufs Meer. Der helle Sandstrand war sehr breit und schien unendlich zu beiden Seiten längs der wuchtig anrollenden Meeresbrandung. Das mächtige Panorama überwältigte, verschlug die Sprache.

Barfuß und mit aufgekrempelten Hosenbeinen watete ich im flachen Brandungswasser, bevor nasser Sand es aufsog. Nur wenige Badegäste trauten sich in die unruhige See.

Viele der leichtbekleideten Besucher waren deutlich älter, den Zeiten von Ausbildung und Studium längst entwachsen, also schon seit Jahren in der Verantwortung, für sich und ihre Familien einen angemessenen Lebensunterhalt sicherzustellen. Und mit der Wahrung dieser Aufgabe war im kriegszerstörten Deutschland auch noch Ende der fünfziger Jahre ein jeder so sehr beschäftigt, dass fürs Nichtstun einfach keine Zeit blieb. Die wenigen Urlaubstage, die gewährt wurden, mussten genutzt werden, um die eigene Behausung einzurichten, dringend benötigtes Gemüse anzubauen oder sich für spärlich entgoltene Handlangerdienste zu verdingen. Sich unbeschäftigt zu zeigen, provozierte, galt als anstößig und – man tat es nicht.

Hier aber liefen Heerscharen Verantwortung tragender junger Männer und Frauen herum, die ganz ungeniert ihr Nichtstun zur Schau trugen, es gelassen, sozusagen britisch lässig aussehen ließen. Solches Verhalten, davon war ich überzeugt, sei einzig, werde man nirgendwo sonst auf der Welt beobachten können.

Ich hatte bis dahin als Jugendlicher und gelegentlicher Hobby-Schankwirt nie gehört, dass jemand aus dem Dorf in den Urlaub gefahren war, also weit weg von zu Hause, möglicherweise sogar an die Nordsee und dort dann nichts getan, einfach nur so rumgestanden hatte? Irgendwie.

Auch das, was man sich später scheinbar mit Entrüstung zuflüsterte, hatte mit dieser Art von Zeitvertreib nichts zu tun, sondern bezog sich auf skandalös empfundene Eskapaden einiger weniger Dorfbewohner, solcher, die es sich leisten konnten, junge vermögende Bauern zumeist, die sich an einem Wochenende schon mal in ihr Auto setzten, und dann losfuhren, egal wohin, Hauptsache weit weg und unerkannt.

Einen von ihnen soll es hierbei bis nach Wien verschlagen haben, von wo er dann nach zwei Tagen pausenlosen Fahrvergnügens erschöpft, aber glücklich auf die heimische Scholle zurückgefunden hatte.

Ich war schon eine ganze Weile im feuchten Sand gewandert, hatte die Massen flanierender Müßiggänger bestaunt, in ihren Gesichtern erfolglos nach Zeichen gesucht, die auf einen privilegierten Status schließen ließen, ihr Nichtstun sozusagen rechtfertigten, als der von Patti als lohnend beschriebene Pier in Sicht kam. Cafés, Restaurants, Spielhallen, Kinosäle, Touristengeschäfte und ähnliches seien dort zu entdecken. Nichts, was mich wirklich interessierte – nicht jetzt. Vielleicht später, und nur, um Patti versichern zu können, ich sei ihrer Empfehlung gefolgt und – so würde ich es schildern – sei außerordentlich beeindruckt gewesen, ganz gleich wie aufregend oder enttäuschend sich diese Amüsierszene für mich darstellen sollte.

Auf meiner Wanderung hatte ich mehrmals Verkaufsstände passiert, die *fish 'n' chips* anboten. Von Leo wusste ich, dass diese Art der Verköstigung in England sehr populär, sehr verbreitet und obendrein auch noch erfreulich preiswert war. Für weniger als drei Schillinge gab es reichlich Fisch und reichlich Chips.

Fisch kam bei uns zu Hause nur sehr selten auf den Teller, die Anlässe mussten den Aufwand rechtfertigen. Fisch war teuer und musste beim Händler, der nur einmal die Woche in der Diele eines im Ortskern gelegenen Bauernhauses seinen Stand aufbaute, vorbestellt werden. Hier aber konnte man diese Köstlichkeit quasi im Vorübergehen erwerben und genießen.

Routiniert und griffsicher schlug der bärtige Standbetreiber ein Zeitungspapier um das Pergament in dem das einzige Produkt steckte, welches er anbot und um dessen verlässlichen Absatz er sich nicht zu sorgen hatte: goldbraun gebratenen Kabeljau und etwas dunkler geratene Kartoffelscheiben.

Noch während er mir die Zeitungstüte reichte, griff er zu einer schon arg ramponierten Blechbüchse über die ein grobmaschiges Sieb gespannt war und würzte mit ausholender Armbewegung Fisch und Kartoffeln mit einem bunten Schwall verschiedenster Zutaten, so vielfarbig wie vielrüchig. Verblüfft starre ich ihn an. Offensichtlich war er es nicht gewohnt, sich erklären zu müssen: „You like it?", eine Frage – „yes, you like it! ", die Antwort – „it's my way, you know!", die Erklärung.

Er kniff die Augen zusammen, musterte mich eine Weile, genoss meine Verwirrtheit und stellte fest: „You are not English!" Natürlich nicht, dennoch fühlte ich mich ertappt und war unsicher, was und wie zu antworten. Deutsch sein war sicher kein Verbrechen, aber bestehende Ressentiments gegenüber dem ehemaligen Kriegsgegner konnte man auch nicht ausschließen und sie würden ihm augenblicklich die gute Laune rauben und – noch ärger – könnten mich zur Zielscheibe beleidigender Attacken werden lassen.

„I am Swiss", behauptete ich. In der Schweiz wurde auch Deutsch gesprochen, das Land hatte sich für keine der kriegsführenden Parteien entschieden und brauchte Fragen oder Anklagen im Sinne von Schuld und Sühne nicht zu fürchten.

„Oh Swiss, these funny people from the mountains." Weder zutreffend noch spaßig, fand ich. Aber wenn er es so sah, mir sollte es recht sein. Und dann ohne erkennbaren Übergang: „We had an awful fight for a long time with Germany, but at the end there was a great and glorious victory." Ich verstand das nicht: Ich war kein Brite, aber Schweizer, doch den Krieg gegen Deutschland hatte man grandios gewonnen. Was sollte das? Meine fragende Ratlosigkeit ignorierend, begann er eine Erzählung, mit der er sicher schon viele Male sein Zufallspublikum mehr oder weniger begeistern konnte.

Leider verstand ich ihn nicht vollständig. Meine Englisch-Kenntnisse waren zu jener Zeit noch so unzureichend, dass mir einiges von seinem Humor und seiner Witzigkeit verborgen blieb. Doch die Reaktion der zunehmend größer werdenden Zuhörerschaft ließ keinen Zweifel: Sie zeigte sich trefflich unterhalten, kommentierte gelegentlich und manchmal den Kommandoton auf einem Kasernenhof imitierend, was offenbar ein besonderes, hämisch klingendes Gelächter auslöste.

Im Kern seiner Geschichte ging es um eine befohlene Räumung seines Wohnortes, damit auf diesem Gelände britische und amerikanische Panzerverbände den Ernstfall proben und so ihre Landung an den Stränden der Normandie vorbereiten konnten. Nicht alle Bewohner waren mit ihrer Vertreibung einverstanden, insbesondere eine kleine Gruppe von Widerständlern zeigte sich maximal erbost, wehrte sich mit Händen und Füßen und wollte partout nicht weichen – am Ende erwartungsgemäß erfolglos.

Er hatte zu den Wortführern der Aggressiv-Verweigerer gehört, der militärischen Führung Rücksichtslosigkeit und Feigheit vorgeworfen und demonstrierte jetzt ihre Hartherzigkeit gegenüber Landsleuten bei gleichzeitiger Ängstlichkeit gegenüber dem Feind in pantomimischer und sprachlicher Übertreibung so gekonnt, dass man sich auch dann amüsierte, wenn man rein gar nichts vom zugrundeliegenden Sachverhalt mitbekommen hatte.

Als auffällig empfand ich seine Wortwahl für deutsche Soldaten, wenn er deren planloses, automatenhaftes Drauflosmarschieren karikierte. Es waren die Jerrys, die britische Streitkräfte scheinbar in Angst und Schrecken versetzten. Aber Jerry klang vertraulich, kumpelhaft, nicht bösartig, nicht beleidigend. Man müsse sie nicht mögen, die Jerrys, aber sie fürchten, gar davonlaufen – ganz sicher nicht.

Möglicherweise wollte er mit dieser Wortwahl auch nur das seiner Meinung nach hasenfüßige Verhalten der Militärführung bloßstellen. Wie auch immer, seine Zuhörer fühlten sich prächtig unterhalten.

Wie sehr der Vertriebene unter seiner Zwangsräumung gelitten hatte und noch litt, war für mich nicht zu erkennen. Die mit aufgebrachter Emotion, einer Komödie gleich, zum Ausdruck gebrachte Empörung mochte ihm Heilung bedeuten, da doch viele nun hiervon erfuhren und so sein Leid – von vielen getragen – auch für ihn ein wenig erträglicher wurde. So hatte er wohl auch verhindern können, dass sich Spuren einer Verbitterung, von Groll und Rachsucht ins Gesicht gegraben hatten.

Mit seiner kreativen Art der Vergangenheitsbewältigung machte er auch ganz und gar nicht den

Eindruck einer Person, die immer noch mit innerem Groll zu kämpfen hatte und diesen bei erstbester Gelegenheit ungehemmt zum Ausdruck brachte – ganz im Gegenteil.

Ich allerdings wusste nun nicht mehr: War ich klug oder vergleichsweise feige gewesen, mich als Schweizer auszugeben, um so einer möglichen demütigenden Beschimpfung zu entgehen. Nach Ansicht dieses Bühnenclowns hatte ich mich wohl ziemlich ehr- und wehrlos verhalten.

Aber wieso sollte ich mich furchtloser gebärden als das britische Militär? Das hatte schließlich mit oder trotz der ihm unterstellten Mutlosigkeit das größte Weltreich der Menschheitsgeschichte erstritten. So gesehen befand ich mich doch in bester Gesellschaft.

Nachdenklich, aber nicht unzufrieden verlasse ich den Schauplatz einer als Komödie inszenierten Anklage militärischen Fehlverhaltens. Zurück am Strand lausche ich der Brandung, blicke in die vom unruhigen Wasser reflektierten tanzenden Sonnenstrahlen – bis sie blenden und ich die Augen schließe.

Wie würden meine Kneipengäste reagieren, wenn ich ihnen den Wohlstand, die Schicksale und die Unbeschwertheit der Bewohner und Besucher dieser Region schilderte? Wie sehr würden sie sich interessieren? Könnte ich sie teilhaben lassen an meinen Gefühlen? In einer Zeit, in der in Deutschland vor allem auf Fragen materiellen Überlebens, des Aufbaus von Existenzen und ihrer Sicherung Antworten gefunden werden mussten, wollte und konnte sich niemand ein Leben über den Arbeitsalltag hinaus vorstellen.

Würden sie mir überhaupt zuhören wollen? Für sie war das alles ohne Belang, ohne Bedeutung, allenfalls eine bitter-witzig provozierende Erzählung, nichts worum man sich wirklich zu scheren hätte.

Uns Jüngeren bot ein kleiner Fluss, der sich unreguliert in großen Schleifen durch den Ort wand, maximalen Bade- und Wettkampfspaß. Besonders spannend war es, wenn der Fluss über die Ufer trat, was immer mal wieder vorkam, im Sommer und dann noch einmal im Winter.

Das Wasser füllte die Senken hinter der Uferböschung und so entstanden längs des Flusslaufs kilometerlange Seenlandschaften, durchzogen mit dem Stacheldraht von Weidezäunen und gelegentlichem Baumbestand. Das überflutete Gelände, die schneller fließende und Strudel bildende Flussmitte bargen neue Gefahren und luden doch gleichermaßen zu waghalsigem Wettstreit, der allerdings nur von wenigen riskiert wurde.

An solchen Tagen fühlten wir uns großartig,

waren Helden, überzeugt, nirgendwo sonst auf der Welt gebe es einen besseren Platz, um jung und mutig zu sein.

Selbst ein Leben, ohne je von einer Existenz Englands erfahren zu haben, konnte ich mir jetzt vorstellen.

Me and Molly

Patti hatte es mit einem Feriengast zu tun, der offenbar so gar nichts mit sich und sonnigen Tagen in einem der beliebtesten Seebäder Englands anzufangen wusste. Immer wieder wollte sie wissen, was ich denn heute plane, und wenn die Antwort nicht zu ihrer Zufriedenheit ausfiel, machte sie Vorschläge, empfahl den Besuch eines zur Zeit neu inszenierten Shakespeare-Dramas, wollte Bekannte anrufen, die ebenfalls Feriengäste beherbergten mit denen gegenseitige Besuche verabredet werden könnten, überredete einmal sogar ihre Tochter, mir deren Freundin Molly vorzustellen, und befragte mich gleich nach dem ersten Treffen, ob schon ein weiteres verabredet sei. Meine Antwort gefiel ihr nicht: Ich gestand mein Scheitern und fühlte mich ziemlich mies und undankbar.

Molly war in mancherlei Hinsicht das krasse Gegenteil von Cathy: groß gewachsen, von etwas rundlicher Statur, lebhaft freundlichem Wesen und spielte, wie Patti erklärt hatte, virtuos auf dem Klavier. In jedem Falle erschien sie mir blitzgescheit und um einige Jahre älter zu sein als ihre Freundin Cathy. Sie redete viel, sehr viel und sehr schnell, stellte Fragen, deren Antworten sie alle kannte, bot Kommentare und Interpretationen, die sie ausführlich erklärte und – obwohl nie infrage gestellt – ebenso wortreich verteidigte, schaute mich währenddessen immer wieder herausfordernd freundlich an, auf eine Reaktion hoffend, die ihr Gelegenheit geben würde, zuvor Formuliertes noch einmal aus veränderter Perspektive mit noch mehr Worten und noch mehr Erläuterungen auszubreiten, häufig begleitet mit einer gönner-kumpelhaften Aufforderung, das verstehe ich doch „you know?".

Da ich jedoch den zugrunde liegenden Sachverhalt – auch nach erneuter Wiederholung – selten zweifelsfrei erkennen konnte, mehr ahnte und mir manchmal auch nur mithilfe ihrer lebhaften Mimik zusammenreimen konnte, versuchte ich es mit Antworten, die interpretierbar blieben, sowohl Zustimmung als auch Ablehnung bedeuten konnten, immer kurz, manchmal stumm nur mit Zustimmung andeutender Gestik signalisiert wurden, aber immer von einem sympathiesuchenden, meine Hilflosigkeit kaschierenden Lächeln begleitet waren.

Hatte ich zu Beginn unserer Unterredung noch geglaubt, Molly ließe sich zu einem rücksichtsvolleren, weniger anspruchsvolleren Umgang mit ihrer neuen Bekanntschaft motivieren, musste ich sehr bald einsehen, dass freundliches Rückfragen sie keineswegs veranlasste, behutsamer zu formulieren und ihr Wissen in verdaubareren Portionen preiszugeben. Im Gegenteil, sie verstand meine verzweifelte Bitte, den Satz, die Sätze, alle Sätze noch einmal zu wiederholen als Ausdruck besonderer Neugier, und sie tat mir gern den Gefallen, mich noch eingehender und umfassender an ihrem Weltverständnis teilhaben zu lassen.

Molly war mir an Bildung, sprachlicher Gewitztheit und allgemeiner Lebenserfahrung haushoch überlegen und sie hatte auch nicht vor, diese Überlegenheit zu verbergen.

Ich hätte dieser Tortur ein schnelles, ein gnädiges Ende bereiten können, hätte ich erklärt, von all dem, was sie mir zur Unterhaltung, zur Diskussion und zur Kommentierung bot, habe ich wenig bis gar nichts verstanden, und so sei es doch besser für sie und für mich, wir würden es bei diesem Versuch belassen, uns um eine freudlose Lebenserfahrung reicher erklären und uns, jeder für sich, an genussvolleren Herausforderungen versuchen. Aber soviel Blamage, solch radikalen Bankrott zuzugeben, das kam mir dann doch nicht in den Sinn.

Ich dachte an Patti, auf deren Initiative das Treffen mit Molly zustande gekommen war und die wohl sicher davon ausgegangen war, die jungen Leute könnten einander gefallen, würden auf Augenhöhe miteinander kommmunizieren. Und dann solch eine Katastrophe! Sie würde nun wissen, was sie bis dahin nur vermuten konnte: Alle Kriegsfilm- und -fernsehproduktionen der BBC stellten deutsche Soldaten als eher unfähig, verantwortungsscheu, auf Direktiven wartend, als rechte Tölpel dar. Und dieser junge Bursche lieferte hierfür doch den besten Beweis! „Der lungert hier nur rum, verweigert sich jeglicher sprachlichen Fortbildung und erweist sich als wahrer Einfaltspinsel im sprachlichen Umgang mit attraktiven jungen Frauen." Patti würde es nicht glauben wollen, aber dann doch müssen – das konnte ich nicht zulassen.

Dunkel erinnerte ich mich an ein Bonmot eines früheren amerikanischen Präsidenten: „Es ist besser, zu schweigen und als Narr zu erscheinen, denn zu reden und jeden Zweifel zu beseitigen!" Ganz so krass müsse dieser Weisheit ja nicht gefolgt werden, beruhigte ich mich. In Phasen hinreichender Verständigung könne ja durchaus zur Sache redend reagiert werden, ohne dabei den Deutungsbereich des Ungefähren, des Umdeutbaren zu verlassen.

Ich beobachtete Molly von nun an noch aufmerksamer, Minenspiel, Tonfall und Gestik, um in Kombination mit verstandenen Wortpassagen Mollys Anliegen für mich erkennbar zu machen und hierauf, Beifall andeutend, meinem Lächeln eine stumme Bitte um Entschuldigung beimischend, zu antworten. Molly blieb die gespannte Aufmerksamkeit ihres Zuhörers nicht verborgen; es und er gefielen ihr und spornten sie zu noch größerem Redefluss und mich zu einer entsprechend Schritt haltenden Maskerade an.

In jedem Falle erforderte meine selbstgewählte Rolle eines scheinbar gleichauf parlierenden Gesprächspartners größtes Tarn- und Täuschungsgeschick und ich war gottfroh als ich nach einer fast zweistündigen Wattwanderung und einem gemeinsamen Snack *fish 'n' chips* die Zeit gekommen sah, mich mit Anstand verabschieden zu können.

Ich kramte all meine Englisch-Kenntnisse zusammen und versicherte ihr, zwei Stunden engagierten Zuhörens hätten das nicht wahrgenommene 14tägige Sprachseminar mehr als wettgemacht, und behauptete dann, verschämt zu Boden blickend, hätten mir zugleich höchstes Vergnügen (*great pleasure*) bereitet.

Ihr Innerstes schien berührt, sie strahlte, wusste und drohte, wir hätten uns heute nicht das letzte Mal gesehen. Ich mimte den glücklich Verwirrten, dem ob dieser Liebeserklärung die Worte fehlten, schaute erleichtert, nickte glücklich und schritt von dannen.

„Ey, man!"

„What? – Where do you want to go?"

„Yes, I want to feel the atmosphere in the church." Sie glaubten mir nicht, das war deutlich zu spüren. Ein junger Pennäler aus Deutschland, der einen Teil seiner Sommerferien als *paying guest* bei englischen Gastgebern verbrachte, wollte Kirchen - atmosphäre erleben. Blödsinn oder *rubbish*, wie ich es damals wohl genannt hätte.

Die kamen doch nur, um ihr Englisch zu verbessern, ihre Sprachkenntnisse zu erweitern und manche sicherlich auch, um die Lebensweise der Inselbewohner und deren sprichwörtlichen britischen Humor zu erleben. Zumindest erklärten sie es so allen, die danach fragten.

Zu Tausenden bevölkerten dann während der Sommermonate junge Studierende, Schüler und karrierebewusste junge Leute die Seebäder an Englands Kanalküste. Für nicht wenige von ihnen war wohl auch die Aussicht, mit Gleichgesinnten Kontakte zu knüpfen, woraus sich möglicherweise mehr als nur ein flüchtiges amouröses Abenteuer entwickeln könnte, ein gleichstarkes Motiv.

Offenbar war es nicht schwer, unter dem Vorwand der Einübung notwendiger Sprachfertigkeiten sein Gegenüber in ein Gespräch zu verwickeln, zumal die aktuell allen gemeinsamen Lebensumstände hinreichend Gesprächsstoff boten. Trefflich ließ sich so mit Nichtbriten, vorzugsweise jungen Französinnen über vermeintliche Marotten unserer Gastgeber lästern, ganz unabhängig davon, ob sie daran glaubten oder nicht.

Ich hatte am Vortag vergeblich versucht, mit einer attraktiven sommersprossigen Schweizerin ins Gespräch zu kommen. Nach einem vielversprechenden Beginn musste ich auf ihr freundliches, gleichwohl beharrliches Nachfragen bekennen, dass ich weder aus begütertem Hause stammte noch mit außergewöhnlichen Talenten gesegnet war. Mit einem freundlichen „Grüezi, see you later", hatte diese so verheißungsvoll begonnene Annäherung ein promptes, ein vorhersehbares Ende gefunden.

Bloßgestellt und ernüchtert besann ich mich wieder auf den eigentlichen Zweck meiner Englandreise und konnte mir nun vorstellen, dass ich inmitten einer Schar gotthuldigender Briten ganz unauffällig ihrer Sprache lauschen, ihre Frömmigkeit beobachten und mich selbst wieder ins Gleichgewicht bringen könne.

Und so bestätigte ich meinen Gastgebern die ihrer Meinung nach wohl ziemlich absurde Idee, einem Gottesdienst ihrer Landsleute beiwohnen zu wollen. Es dauerte länger als gedacht, bis ein in der Nähe gelegenes Gotteshaus ausfindig gemacht werden konnte.

Welcher Glaubensrichtung die zugehörige Kirchengemeinde angehörte, wussten sie nicht und schienen diesem Umstand auch keine größere Bedeutung beizumessen. Da heute Sonntag war, mangelte es nicht an kirchlichen Veranstaltungen an diesem Tag.

Das Kirchengebäude war nicht sehr groß und als solches auch nicht leicht zu erkennen; ich nahm es erst wahr als ich unmittelbar davor stand.

Zu meiner Überraschung waren hier deutlich mehr Männer vertreten, als ich erwartet hatte. Die in Unterzahl anwesende Menge der Frauen ließ sich oft an ihren auffällig zur Schau getragenen Hüten erkennen. Viele der Kirchenbesucher hatten einander noch die eine oder andere Meinung zu sagen, dieser zu widersprechen oder altem Geschehen eine korrigierte Deutung zu geben. Nach einer Woche ohne Kontakte hatte sich zwischenzeitlich ein gehöriger Redebedarf aufgebaut. Hier war ihr Ort, sich auszutauschen, es war ihre Kirche, sie gehörte ihnen.

Ich war erkennbar der mit Abstand jüngste Kirchenbesucher und gehörte allein deshalb schon nicht hierher. Und dieser Umstand schien diesem jungen Besucher durchaus bewusst zu sein. Und überhaupt, so wie der sich seiner Verlegenheit genierte und sich um Unsichtbarkeit bemühte, schien er wohl auch Unbotmäßiges im Schilde zu führen. In jedem Falle lohnte es sich, diese Person im Auge zu behalten. Und das taten sie auch – ziemlich schamlos, wie ich fand.

Ich stellte mich an das Ende einer Kirchenbank, so dass ich mich auch schnell und unauffällig wieder verdrücken könnte, wenn es denn einen Grund dafür geben sollte. Aber es war noch eine Weile bis zum Beginn und unablässig einströmende Besucher drängten in die Bankreihen, wobei die Wartenden geduldig zusammenrückten.

Eine ältere Dame, der ich zu verstehen gab, sie möge sich an mir vorbei einen Platz suchen, schaute nur ein wenig irritiert, ließ aber keinen Zweifel daran, dass ich aufzurücken hätte. Diese Machtprobe war also sehr schnell und sehr grundsätzlich entschieden, und mit jeder weiteren hereindrängenden Person rückte auch ich ein Stück zur Seite und fand mich zu Beginn des Gottesdienstes ziemlich in der Mitte dieser Bankreihe wieder. Von einem unauffälligen Entfernen würde fortan nicht mehr die Rede sein können.

Ein dezenter Glockenschlag signalisierte den Beginn des offiziellen Teils dieses Gottesdienstes.

Ein müde schreitender Geistlicher in schwarzer Amtskleidung mit einem breiten, bis zum Boden reichenden violettfarbenen Kragen betrat den Altarraum, gefolgt von einem noch älteren, etwas spöttisch dreinblickenden, livrierten Helfer.

Der Reverend ließ sich nicht so ohne weiteres charakterisieren. Seine maskenhafte Erscheinung, die einstudiert wirkende, aufgesetzte Jovialität, seine Allerweltsstatur, das harmlose Gesicht verbargen womöglich ein Leben unerfüllter Träume, uneingestandener Sehnsüchte. Und irgendwann musste er einsehen, dass es für ein radikales Bekenntnis zu spät war, dieses nur noch geschadet und niemandem genutzt hätte, und so ließ er es bleiben und übte sich fortan nur noch in der Rolle eines seelsorgenden, die Belange seines Arbeitgebers ohne Engagement wahrnehmenden Kirchendieners.

Wesentlich einfacher ließ sich sein blasiert auftretender Assistent deuten. Sein asketisches Äußeres ließ auf eine in Permanenz geschulte Rückweisung verführender Genüsse, auf eine selbstquälerische Genügsamkeit, eben auf ein Leben ohne Freude schließen. Der knochig auftretende Schädel erinnerte an das Gesicht eines Toten.

Er lebte ein stolzes, ein karges Leben ohne Wenn und Aber, überzeugt von der Überlegenheit seiner Askese und seiner Gedanken.

Ich mimte einen in sich gekehrten, gottesfürchtigen Gläubigen und hoffte auf baldige Nichtbeachtung von Seiten der Kirchenbesucher und so ganz allmählich schienen sie ihr Interesse an meiner Person auch zu verlieren. Wenn auch hin und wieder ein neugieriger Blick zu mir herüberflog, so widmeten sie sich doch mit großem Ernst und erkennbarer Inbrunst einem Dialog mit ihrem Gott.

Insbesondere ein streng dreinschauendes Gesicht verzog Lippen und Backen derartig provozierend, dass ich mir sicher war, so werde Taubstummen das Lesen von Lippenbewegungen beigebracht.

Mit der Zeit vernahm und verstand ich jetzt auch die Worte des Priesters und versuchte, das Gehörte in Beziehung zu der Religion zu setzen, die uns die Schule beigebracht hatte – nicht einfach!

Zu Peter und Paul fielen mir zwar die Apostel Petrus und Paulus ein, aber es blieben Zweifel. Englisch ausgesprochen – Peter ['piːtə] and Paul [pɔːl] – hörte es sich so an, als seien Jungen aus der Nachbarschaft gemeint.

Wer waren James, John oder Tom? Als mir hierbei ganz spontan die Helden meiner Jugend James Dean und John Wayne vor Augen traten, erschrak ich wohl ein bisschen, rief mich schnell zur Ordnung und hoffte, dass mir diese gottlose Entgleisung dereinst nur als lässliche Sünde zur Last gelegt werden würde.

Aber etwas Gutes bewirkte meine geistige Verirrung denn doch; meine Befangenheit löste sich zusehends, ich bekam mich besser unter Kontrolle und überlegte nun, wer denn mit *the Lord* gemeint sein könne, von dem dieser Priester zuweilen berichtete. Da ich annahm, dass es wenigstens *the King* heißen müsse, wenn von Gott die Rede war, dann könne mit *the Lord* nur sein Sohn Jesus gemeint sein – zwar immer noch ein wenig despektierlich, aber so ließ sich die Beziehung dieser Göttervielfalt wohl am ehesten beschreiben.

Als der Reverend eine Pause andeutete, ergriff sein Assistent einen kleinen geflochtenen Korb und übergab ihn dem ersten Besucher in der ersten Reihe. Offensichtlich war eine Kollekte beabsichtigt.

Der Korb wanderte von einem Besucher zum nächsten und am Ende der Bankreihe zur nächstfolgenden. Soweit ich das erkennen konnte, leistete ein jeder – ohne Ausnahme – seinen Obolus. Entweder zeichnete sich die Schar der Anwesenden durch eine bemerkenswerte Strenggläubigkeit aus, verbunden mit einer ebenso großen Opferbereitschaft, oder es wurde für die Teilnahme am Gottesdienst eine Art Gebühr erhoben, über deren Höhe der Geber nach eigenem Gutdünken entscheiden konnte.

Ich werde auch etwas spenden, überlegte ich; weniger, um dieser Kirchengemeinde Gutes zu tun, als vielmehr, um nicht aufzufallen, um nicht ohne Not Aufmerksamkeit zu erregen. Mit drei Schillingen, also knapp zwei DM, würde ich auch mein Gewissen befrieden, welches mich bei einer nur angedeuteten Opferungsgestik wohl doch für eine Weile geplagt hätte.

Nur, ich fand mein Portemonnaie nicht. In beiden Taschen meiner Jacke nichts, in meinen Hosentaschen schon mal gar nichts. Nicht ein einziger Penny. Mann, das durfte doch nicht wahr sein!

Mittlerweile schwante mir auch, wie es dazu hatte kommen können: Mit dem Entschluss zum Kirchenbesuch erinnerte ich mich ganz unbewusst der Worte meiner Mutter, die für einen Kirchenbesuch immer ordentliche Kleidung gefordert hatte. Ich wechselte also meine bequeme Windjacke gegen ein ordentliches Sakko und vergaß hierbei, die Inhalte mitzutauschen.

Nun, als so empörend wird meine vermeintliche Hartherzigkeit wohl nicht empfunden werden, beruhigte ich mich. Schlimmstenfalls ein vorwurfsvoller Blick meiner Nachbarin, wenn ich den Korb ohne ein weiteres Geldstück stumm weiter reichte. Und so geschah es auch. Ohne erkennbares Missfallen akzeptierte sie den Korb, bediente ihn mit einem Schein statt einer Münze und schob ihn der ihr Nächstsitzenden zu. Gott sei Dank! Dieser Korb war sozusagen an mir vorübergegangen.

Wieder tönte der Reverend von Peter, von Paul, James und John. Es waren Namen, wie ich sie in Romanen gelesen, in Filmen gehört und dort als Helden, Schurken, Verbrechensbekämpfer und Versager erlebt hatte. Charaktere also, die so gar nicht mit den Aposteln aus der Bibel, dem heiligen Buch der Christen, übereinstimmen wollten.

Ich hatte Mühe, meine irdischen Phantasien im Zaum zu halten. Die Heiligen meines Glaubens blieben dagegen blass, vage: irgendwie nicht existent. Wie meine Schulfreunde wohl reagieren würden, wenn ich ihnen von den Predigten des Reverends berichten würde. Ein flüchtiges Grinsen ließ sich nicht ganz vermeiden.

Plötzlich stand der Asket an meiner Bankreihe, wies mit einer Hand in meine Richtung und reichte mit der anderen den Korb der dort sitzenden Besucherin, die etwas verwundert schaute, aber dann den Korb rasch weiterschob.

Zweifellos war ich das Ziel seiner Attacke. Dieser Fanatiker verfolgte die Opferbereitschaft seiner Kirchenbesucher mit Argusaugen und war sich nicht zu schade, ein zweites Mal die Herausgabe eines Almosens zu verlangen, wenn sein Opfer sich das erste Mal verweigerte.

Warichwirklich der einzige unter all den Gläubigen, der sich dieser Mildtätigkeit verweigerte? Konnte ich mir eigentlich nicht vorstellen.

Was mich allen sichtbar von ihnen unterschied, war zweifellos mein Alter. Ein Umstand, der einigen zur Provokation geriet. Ein so junger Bursche inmitten einer mit Andacht und Ehrfurcht um Gottes Gnade barmenden Schar Tiefgläubiger hatte hier nichts zu suchen, war wohl aus Versehen hier gelandet oder – schlimmer noch – suchte das lästerliche Vergnügen eines Voyeurs. Mit einer zweifelsfrei zu deutenden Aufforderung „zahle!" würde der sich hier nie wieder blicken lassen, mochte sich der Fanatiker gedacht haben.

Ein Gefühl machte sich breit, wie ich es von der Schule kannte, wenn wir vom Klassenlehrer gestellt worden waren, weil wir die Schulmesse geschwänzt hatten und keinerlei Argument zur Verfügung stand, welches unser Vergehen auch nur im Ansatz erklären könnte. Was war zu tun? Ich hatte kein Geld dabei: Weder englisches noch deutsches, das stand nun mal fest.

Ich versuchte es mit einer halbherzigen Entschlossenheit, schob den Korb demonstrativ von
mir weg, hin zu meiner Nachbarin, barg den Kopf
in beide Hände und simulierte den tiefgläubigen, in
sich gekehrten Beter, der sich in seiner Andacht
doch bitte nicht gestört fühlen möchte.

Aber ich hatte diese Rechnung ohne meine
Nachbarin gemacht. Die hatte wohl nicht vergessen, wie ich ihr den Korb zuvor in abweisender
Manier zugeschoben und zu verstehen gegeben
hatte: „Ich gebe nichts!" Das würde ihr nicht noch
einmal passieren.

Mit viel zu lauter Stimme erklärte sie, was ich
zu tun hätte: „Hey, you young man, it's a good tra-
dition in this community to support its social ser-
vice." Ich spürte, wie mir augenblicklich tiefe
Scham eine höchst verräterische Röte ins Gesicht
trieb und hoffte sehr, dass das Kirchendunkel den
Grad meiner Verlegenheit ein wenig verbarg.

Aus den Reihen der vor mir Sitzenden drehten
sich mehrere Köpfe, eher neugierig als verärgert,
gespannt darauf, wie es weitergehen werde.

„Yes, nein, yes I have, I have no money, I ...".
Ich haspelte mir einiges zusammen, geriet mächtig
ins Straucheln, wusste absolut nicht, was ich zuerst,
was ich überhaupt noch vorbringen sollte.

„No money", echote es höhnisch von schräg

hinten und dann noch einmal, jetzt begleitet von nur mühsam unterdrücktem Glucksen.

„He is German!" behauptete jemand unmittelbar hinter mir. Jetzt kam doch so etwas wie Panik auf. Der Krieg war noch nicht so lange vorbei, und alle, die hier saßen, waren Augenzeugen gewesen, hatten zum Teil an der Front gestanden, Kameraden fallen sehen und auch selbst getötet. Rache- oder gar Hassgefühle würden nicht wirklich überraschen.

Sicherlich hätte ich nicht um Leib und Leben zu fürchten, aber ob dies schlimmer gewesen wäre als aggressiver Polemik und hasserfüllten Blicken ausgesetzt zu sein, dessen war ich mir nicht so sicher. Andererseits befanden wir uns doch in einem Gotteshaus. Hierhin kamen die Gläubigen, um zu büßen und zu beten, zu erkennen und zu verzeihen. Also meinen Kopf würde es nicht kosten, war ich mir einigermaßen sicher.

Es entstand plötzlich ein reges Hin und Her, von Rede und Gegenrede, zunehmend hitziger, den geweihten Ort dieser Auseinandersetzung mehr und mehr ignorierend. Von all der streitig wirkenden Auseinandersetzung verstand ich nur sehr wenig, wohl auch deshalb, weil hier ein Dialekt gesprochen wurde, der mir völlig unbekannt war. Die wenigen Wortfetzen und Begriffe, die ich deuten konnte, vermittelten mir allerdings durchaus eine Vorstellung, worüber sich die Beteiligten so leidenschaftlich erregten.

Viele von ihnen waren an der hochriskanten und verlustreichen Landung alliierter Truppen in der Normandie während des Zweiten Weltkriegs beteiligt gewesen. Eine Art Selbstmordkommando, welches viele der Teilnehmer mit ihrem Leben bezahlten. Die grauenvollen Ereignisse waren ihnen immer präsent gewesen und die Anwesenheit eines Deutschen, obwohl in einem Alter, das ihn von jeder Schuld freisprach, war Anlass genug, an das damalige Geschehen erneut zu erinnern, es mit Leidenschaft zu erörtern, sie zu allem Risiko bereite, das Vaterland verteidigende Heroen zu verklären.

Da dieses Heldentum aber nur dann eins sein konnte, wenn der Feind sie auch zu entsprechenden Taten nötigte, ihnen quasi Übermenschliches abverlangte, musste dem Gegner, der ja bekanntlich in Unterzahl kämpfte, eben auch eine fanatische, eine todesverachtende Haltung, also eben auch eine spezifische Art von „Größe" zuerkannt werden. Und daran ließen sie auch keinen Zweifel.

Mittlerweile war um mich herum, vor allem in meinem Rücken ein hör- und sichtbarer Tumult entstanden, den auch der Geistliche nicht mehr ignorieren konnte. Obwohl er sicherlich nicht wusste, worum es sich bei diesem Aufruhr handelte, hatte er mich unschwer als Urheber dieser Störung ausmachen können.

Mit einem deutlich vernehmbaren „Ey, man!" sollte ich wohl zur Ordnung gerufen werden. Dabei schaute er weder traurig noch zornig, es klang kühl, sachlich. Als wäre nichts Außergewöhnliches an der Tatsache, dass mitten im Gottesdienst eine Gruppe von Besuchern sich lauthals mit einer Thematik beschäftigte, in der ihrer aller Herrgott offensichtlich keine Rolle spielte.

Mit gesenktem Blick und noch größerer Scham überlegte ich nun eine Antwort – mir fiel partout nichts ein. Mit einer differenzierten Argumentation, wie mein Verhalten in Wahrheit zu erklären sei, war dieser Situation jedenfalls nicht mehr beizukommen. Es brauchte jetzt eine einfache, eine feststellende, eine endgültige Antwort:

„I lost all my money!" wagte ich jetzt einen neuen Anlauf, halb trotzig, halb beleidigt.

„You lost all the war!" schallte es wieder von hinten.

„Totally lost!" ergänzten andere.

Was dann noch zu hören war, konnte ich nicht mehr deuten, hatte aber das Gefühl, es würde nicht mehr mir gelten. Ich sagte nichts mehr; was ging mich dieser Krieg an? Ich wollte doch eigentlich nur erklären, warum ich nicht spenden konnte, obwohl ich es wollte. Aber eine solche Erklärung wollte hier niemand mehr hören. Im Gegenteil, ich verstand oder besser interpretierte immer klarer eine kolportierte blinde Zerstörungswut, eine Alles-oder-Nichts-Haltung der deutschen Wehrmacht, die aber der unvergleichlich höheren Kampfmoral und der weitaus geschickteren Kriegsführung der Alliierten, insbesondere ihres britischen Teils, in keiner Weise standhielt.

Plötzlich war auch der Mann in Livree nicht mehr zu sehen. Das kirchenferne Gebaren seiner Besucher, das völlige Ignorieren seines Auftretens hatten ihn nachhaltig aus dem Konzept gebracht. Er würde die Aufmerksamkeit dieser Barbaren wohl nicht mehr auf diesen flegelhaften Störenfried, dem das ganze Tohuwabohu doch schließlich zu verdanken war, lenken können, und bevor die Erfolglosigkeit derartiger Versuche seinem Renommee schadete, ließ er es lieber bleiben und tat so, als sei da nichts gewesen, er nie in Erscheinung getreten.

Die Aufregung schien sich zu legen. Aber dann, inmitten dieser Phase der Aussöhnung, vernahm ich erneut ein tadelndes uninspiriert klingendes „Ey, man!" Ja, warum das denn?

Ich war bestürzt und jetzt auch ein wenig verzweifelt. Aber dann, zu meiner größten Verblüffung der vielstimmig wiederholte Tadel von fast allen Kirchenbesuchern: „Ey, man!" Doch niemand sah mich an, es klang jetzt mehr wie ein ritualisierter mutmachender Beschwörungsdialog zwischen Reverend und Besuchern.

Und ganz plötzlich wusste ich, was es mit dieser Formulierung auf sich hatte. „Ey, man!" war keine rüde Zurechtweisung, sondern die zum Ritual dieses Gottesdienstes gehörende Akklamationsformel „Amen". Dieses Wort in englischer Aussprache ['ɑ:'men] hatte ich gründlich missverstanden und fatalerweise als eine Art Zurechtweisung im Sinne von „Ey, man!" gehalten.

Ich erwachte aus einem Albtraum, fand schnell zurück ins Hier und Jetzt, war umgeben von Freunden, spürte ihren Versöhnungswillen und interpretierte das „Amen" mit ihrem Willen, Frieden zu schließen, mit jedermann, also auch mit mir.

Ich fühlte mich geborgen und aufgenommen.

So soll es sein – Amen.

Im Klub

Soweit ich das beurteilen konnte, hatte Patti lediglich einen kleinen Haushalt zu versorgen, ihrem Ehemann eine fürsorgende Ehefrau zu sein und den Eigensinn und die Launen ihrer Tochter im Zaum zu halten – aber das schien nicht so einfach zu sein. An jedem zweiten Tag wurde Cathy von John für gemeinsame Erlebnisse an höchst unterschiedliche Orte eingeladen, zu einsam gelegenen Stränden, angesagten, aber deswegen nicht weniger fragwürdigen Unterhaltungs-Etablissements, zu einem skandalträchtigen Theaterstück oder einfach nur an Orte, die weit weg waren von Cathys Elternhaus.

John war mittelgroß, schlank, hatte dunkelbraunes, dichtes Haar und war Besitzer eines Morgan Plus 4, eines zweisitzigen Sportwagens mit zwei großen freistehenden Scheinwerfern, aber ohne Kofferraum. Zumindest konnte man einen solchen nirgendwo entdecken. Was sofort auffiel, war sein selbstsicheres, zurückhaltend-charmantes Auftreten. Menschen für sich zu gewinnen, schien ihm ein Leichtes zu sein. Dazu noch sein jugendliches, Optimismus ausstrahlendes Aussehen machte es jedem schwer, ihn nicht zu mögen. Mit anderen Worten: Cathy war rettungslos verknallt.

Zwei Stunden bevor John erschien, blockierte sie das Bad und gab es auch dann nicht frei, wenn ihre Mutter behauptete, ansonsten passiere ein schreckliches Unglück. Aber mehr noch als das unmittelbar bevorstehende Unglück schien sie eine vorzeitige Rückkehr ihres Ehemanns zu beunruhigen. Längere Badblockaden mochte er nicht, und sie konnten ihm durchaus die gute Laune rauben, was sich weniger in lautstarkem Protest zeigte als vielmehr in ein anklagend demonstriertes Schmollen. Und Patti hatte dann alle Mühe, ihn aus dieser mit Trotz verbarrikadierten Schmollecke wieder herauszuholen.

Aber – auch das muss gesagt werden – wenn Cathy nach zweistündigem Bemühen, ihrem ohnehin makellosen Aussehen noch eine Maske von Leidenschaft und Verführung aufzumalen, wieder in der Öffentlichkeit des Hauses erschien, dann hatte sich das gelohnt, dann hatte ihr Auftritt etwas überirdisch Engelsgleiches, dann flog sie ihrem Liebsten in die Arme, hauchte ein dankbares „Oh Johnny, you are here, thank you so much!" und beeilte sich, schnellstmöglich der Aufsicht ihrer Mutter zu entkommen.

Nicht zu übersehen war hierbei ein triumphierendes Lächeln in Pattis Mimik. Es war ihre Tochter und damit auch ein Stück sie selbst, die dem begehrtesten Junggesellen in diesem Land – so ihre Einschätzung – dermaßen die Sinne verwirrte, dass dieser an jedem Wochenende von weither kam, sich ziemlich verrückte Dinge ausdachte, um ihre Tochter zu beeindrucken, und bis jetzt auch nicht erkennen ließ, dass es genug sei, er seinen Spaß gehabt habe und es nun an der Zeit sei, eigene Wege zu gehen – jeder für sich. Patti mochte sich um die Tugend und das Seelenheil ihrer Tochter sorgen, aber das stolze Gefühl, diesen heiß begehrten Junggesellen an der Seite ihrer Tochter zu sehen, überwog ganz eindeutig.

Jack hingegen war keinerlei Regung anzumerken. Cathy war nicht seine leibliche Tochter. Die volle Verantwortung hatte seine Frau. Natürlich würde er kooperieren, wenn er um eine erziehungsnotwendige Maßnahme gebeten werden würde, aber kooperiert hatte er schon viele Male – genutzt hatte es nie. Jack, der als Investmentbanker mit kühlem Kopf seine Entscheidungen zu treffen hatte, mochte John für einen raffinierten Frauenverführer halten, konnte sich aber seinem unaufdringlichen Charme auch nicht völlig entziehen.

Und sollte Cathy eines Tages nun doch die bittere Erfahrung machen müssen, dass sie weder die Schönste noch die Zweitschönste in dieser Stadt war, dann müsse dies als eine Art Lebenserfahrung hingenommen werden, wie sie ähnlichen Inhalts in unterschiedlicher Ausprägung und Intensität jedermann treffen könne. Schmerzlich zweifellos, aber durchaus nicht wertlos – bewahrte diese doch künftig vor maßloser Selbstüberschätzung und allzu verlockender Gläubigkeit.

Jack jedenfalls fühlte sich schon jetzt unschuldig an allem, was seiner Stieftochter noch zustoßen könnte, und wurde vielleicht auch ein wenig an seine eigenen in frühester Jugend mit Lust und Leidenschaft erlebten Liebschaften erinnert. Diese mochten moralisch nicht immer einwandfrei gewesen sein, bereiteten ihm aber noch immer größtes Vergnügen, wenn er daran dachte. Und in dieser Stimmung schlug er für heute Abend den Besuch eines Klubs vor.

Ein Klub, so erklärte mir Patti, sei so etwas wie ein Pub, nur irgendwie privater und mit dem Unterschied, dass seine Besucher eingetragene Mitglieder dieser Gesellschaft seien. Natürlich könnten Klubmitglieder auch klubfremde Besucher mitbringen, das sei wie auch in meinem Fall kein Problem.

Das Klubhaus entpuppte sich in der Tat als doch sehr verschieden von den Pubs, die ich zuvor kennen gelernt hatte. Waren diese von eher geringer Deckenhöhe, verbrauchtem Mobiliar und einer heimeligen Anmutung von Spontanität, so als ob einer existierenden Räumlichkeit ihre Nutzung als Pub erst im Nachhinein zugewiesen und auf kreative Art ermöglicht wurde, so beeindruckte das Klubhaus mit der Idee, dass es einem durchdachten Konzept eine kompromisslose Realisierung folgen ließ: Die Deckenhöhe proportional zur Saalgröße, ein mit schwarzem Marmor verkleideter Kamin und groß dimensionierte Fenster, die mittels eingelassener Sprossen in kleinere, Gemütlichkeit suggerierende Mosaike verfeinert wurden. Die Mitte des Raumes dominierte die vierseitige, dunkel getäfelte Theke, hinter der ein halbes Dutzend einheitlich gekleideter Barkeeper Dienst taten.

Keinen Unterschied konnte ich allerdings feststellen, was das Kommunikationsbedürfnis der Besucher, ihr Verlangen nach Aufmerksamkeit, nach Zustimmung, nach Gemeinsamkeit anging und was ganz allgemein die lebhafte Lautstärke ihrer Unterhaltung betraf.

Ich fühlte mich wie in einer Großfamilie, in einer Gemeinschaft, deren Mitglieder einander wohlgesonnen und bereit waren, allen alles zu verzeihen.

Mittlerweile genoss ich es, auf schon vielfach gestellte Fragen nach meinem Woher, Wohin und Warum mit wachsender Routine und zunehmend fehlerfreier Grammatik antworten zu können. Mir gefiel ihr Interesse – ob in Wahrheit oder geheuchelt, darauf kam es nicht an – vermittelte es mir doch ein Gefühl der Zugehörigkeit und des Willkommenseins. Gleichzeitig entstand auch ein Gefühl innerer Verbundenheit und Dankbarkeit, die ich ihnen gegenüber auch deutlich zu machen versuchte. Wohl nicht immer als solche zu erkennen, aber sie wussten sofort, was ich zum Ausdruck bringen wollte.

Einer der Gäste blieb mir allerdings ein Rätsel. Ein hässliches Brandmal verunstaltete seine untere linke Gesichtshälfte, ob durch Krankheit bedingt oder aufgrund äußerer Gewalteinwirkung, war auf die Entfernung nicht festzustellen. Zielstrebig suchte er Kontakt zu immer neuen Besuchern bzw. Besuchergruppen, wechselte einige Worte mit ihnen und verließ sie dann wieder, als wolle er herausfinden, ob sie mit ihm einer Meinung waren oder eine Botschaft hatten, die es wert war, der Öffentlichkeit preisgegeben zu werden. Offenbar war niemand an seiner Gesellschaft interessiert.

Sein letzter Gesprächspartner verwies ihn mit einer deutlichen Kopfbewegung in meine Richtung und war allem Anschein nach froh, ihn los zu sein. Mit erkennbarer Streitlust, aus trügerisch treu blickenden Augen fixierte er mich – er sei zwar jetzt in Rente, aber immer noch tätig als Chronist und dokumentiere alles, was für das Königreich von Belang sei. Irgendwann würden seine Aufzeichnungen als Standard der britischen Geschichtsschreibung gewürdigt, davon sei ganz zweifelsfrei auszugehen. Im Übrigen rühre das Wundmal von einer heimtückischen Krankheit her und sei nicht Folge einer kriegerischen Auseinandersetzung. Vermutlich kannte er die Neugier eines jeden, der ihm erstmalig gegenüberstand, und so ließ er ihn gleich wissen, wonach der wenig später ohnehin gefragt hätte.

Ob der Angesprochene, der ihn zuvor an mich verwiesen hatte, in mir einen Vertreter Nazi-Deutschlands sah und mich somit als den für ihn weitaus interessanteren Gesprächspartner geoutet hatte, weiß ich nicht, nehme aber an, er wollte sich eine günstige Gelegenheit nicht entgehen lassen, um einen lästigen Fragesteller auf bequeme Art loszuwerden.

Natürlich konnte ich weder direkt noch indirekt an den Gräueltaten meines Landes, welches auf so barbarische Weise seine verbrecherischen Ziele durchzusetzen versucht hatte, beteiligt gewesen sein, aber als Nachfahre mochten immer noch Reste eines indoktrinierten Größenwahns präsent, gar wohlgelitten sein und konnten vielleicht bei entsprechender Fragestellung provoziert und als gesinnungsentlarvende Äußerung seine Leser zu empörten, gleichwohl willkommenen Reaktionen veranlassen.

Der Chronist gab sich alle Mühe, mich zu unbedachter Formulierung, zu verräterischem Protest zu verleiten. Er schmeichelte, stichelte, wollte Kontrollverlust, Widerspruch, Krawall. Nur – ich war zu jung, zu unbelastet und wohl auch ein bisschen zu naiv, um glauben zu müssen, irgendwen oder irgendetwas verteidigen zu müssen. Sträfliches Tun oder vielmehr feiges Unterlassen von Seiten der deutschen Bevölkerung oder der kriegführenden Verantwortlichen, das war für mich Vergangenheit, ließe sich zudem sehr unterschiedlich bis gegensätzlich deuten und würde für mich weder heute noch künftig eine wesentliche Rolle spielen.

Im Schulunterricht war das Geschehen zwar flüchtig thematisiert und auch erkennbar als Verbrechen verurteilt worden, aber hier und heute war ich Gast in einem Land der grundlos Angegriffenen, war über die Maßen willkommen geheißen worden, war glücklich und dankbar und würde den Teufel tun, ihren Weltkrieg-II-Interpretationen zu widersprechen – ganz gleich, was behauptet wurde. War ich unsicher, wie ich antworten sollte, machte ich Unkenntnis oder sprachliches Unvermögen geltend, bis ich mir sicher war, was er hören bzw. nicht hören wollte, um dann umso entschlossener der vermuteten Falle entgegenzutreten.

Nicht selten musste ich hierbei an manch erregte Debatte zuhause in der Kneipe meines Vaters denken. War ich doch häufig Zeuge hitziger, mitunter tumultartig geführter Wortgefechte gewesen, in denen der deutschen Wehrmacht eine zwar harte, aber immer tadelsfreie, die Bedürfnisse der Zivilbevölkerung berücksichtigende Kriegführung bescheinigt wurde, ganz im Gegensatz zur erbarmungslosen Vernichtungswut und jeglicher Fairness hohnsprechenden Verschlagenheit des Kriegsgegners, der mitunter völlig ohne Grund die Bevölkerung ganzer Dörfer mit Mann und Maus ausradiert hatte.

Ich hörte sie dann laut und leidenschaftlich streiten, spürte ihr schlechtes Gewissen, wenn sie Deutungen und Erklärungen einflochten, die ihr Verhalten als unvermeidbar, als in Notwehr erzwungen und damit immer auch entschuldbar erscheinen ließen. Dennoch, ungeachtet jeglicher Schuldfrage: Ihre Erzählungen fesselten und faszinierten.

Der Chronist hatte nun endlich genug, er musste einsehen, dass diesem Burschen keine schlagzeilentauglichen Entgleisungen zu entlocken waren; trotz seiner erfolglosen Bemühungen bedankte er sich und wünschte mir noch „have a good time" für meinen weiteren Aufenthalt in seinem Land.

Ich hätte gerne gewusst, wie enttäuscht er in Wahrheit war, welche Antworten er gerne gehört hätte, wagte aber nicht zu fragen – fürchtete, er würde eine Unterstellung vermuten, einen streitigen Dialog beginnen. Diese Art der Kommunikation, die er als Journalist sicherlich souverän beherrschte, gar liebte, da sie ihm immer die spektakulärsten Ergebnisse verschafft hatte, darauf wollte ich mich auf gar keinen Fall einlassen, denn hier konnte ich nur verlieren.

Patti und Jack hatten aufmerksam zugehört, gelegentlich auch zustimmend genickt. Sie hatten von Anfang an die Motivation und das Taktieren des Chronisten durchschaut und waren offensichtlich mit dem, was und wie ich es sagte, durchweg einverstanden.

Noch während ich dem Geschichtsschreiber Rede und Antwort stand, bekam ich mit, wie Patti immer mal wieder verstohlen zur gegenüberliegenden Seite des Thekenvierecks schaute, bis sie auch Jack von ihrer Beobachtung berichtete. Der allerdings nickte nur verständnisvoll, sah sich bestätigt und schien ihre Mitteilung schon wieder vergessen zu wollen.

Es war John, Cathys Liebhaber, der sich angeregt mit einer attraktiven, nicht mehr ganz so jungen Frau unterhielt. Patti war not amused, wie es in den besseren Kreisen dieses Landes wohl genannt worden wäre, sie wirkte allerdings weniger verletzt als irritiert und erklärte dann etwas von oben herab, diese Frau sei doch mindestens dreimal so alt wie Cathy, stehe hauptberuflich hinter, statt wie jetzt vor der Theke und – nach einer kleinen Pause – Cathy würde in ihrem Leben sowieso noch viele Liebhaber haben. Als ich sie erstaunt ansah, bekräftigte sie noch einmal: „Joe, that's for sure."

Ich war nun ganz und gar nicht überrascht ob ihrer Aussage, ihre Tochter werde in ihrem Leben noch vielen Männern den Kopf verdrehen. Davon wäre jeder überzeugt gewesen, der das Vergnügen gehabt hätte, mit Cathy einen Abend zu verbringen.

Was mich erstaunte, war eher die anscheinend ungerührte Hinnahme eines Vertrauensbruchs, einer doch wohl auf immer und ewig beschworenen Jugendliebe. Aber soviel Abgeklärtheit, das ging wohl nur, wenn man nicht selbst das Opfer war und Patti war ja nicht unmittelbar betroffen; sie sah sich eher als eine besorgt-aufmerksame Beobachterin einer bedauerlichen Beziehungstragödie, von der es künftig ja noch etliche geben würde und sie würde in allen diesen Fällen ihrer Tochter – auch schon aufgrund einer Vielzahl selbst erlittener, mit neuem Erfahrungsgewinn verbundener Beziehungsdramen – in besonderer Weise tröstend und beratend zur Seite stehen können.

Möglicherweise werde sich das beobachtete Gespräch auch schlichtweg als harmlos erweisen, einer Sache wegen, in der es beispielsweise um die Rücknahme des Verbots einer Bewirtung nach 23 Uhr gegangen sein könnte, um die Beibehaltung des Linksverkehrs oder um eine als ungerecht empfundene Regelung von Einwanderungsquoten oder um was weiß ich – vieles war möglich.

Während ich noch überlegte, ob es nicht noch viel unverfänglicher gewesen sein könnte, ob sich John nicht einfach nur eine Erholungsphase vom zweifellos stressigen Zusammensein mit Cathy verschaffen wollte, entstand im hinteren Bereich, da wo sich die sogenannten *rest rooms* befanden, eine aufkommende Unruhe und Heiterkeit, die sich noch nicht entschieden hatten, ob sie sich zu erkennen geben sollten, oder ob es besser wäre, niemandem zu verraten, woran und warum man seinen Spaß hatte. Deutlich zu hören war jetzt, wie jemand den Ton und die Taktung eines Militärmarsches imitierte.

Dann erblickte ich auch den Imitator höchstselbst: Ein alter Mann mit buschigen Augenbrauen, stark gezeichneten Gesichtsfurchen und schlitzohriger Mimik versuchte sich im Militärschritt. Er hatte sich einen Toilettensitz um den Hals gehängt, wobei der Deckel, einer Schirmmütze gleich, über seinen Kopf weit nach vorne ragte – mit viel Phantasie als Karikatur einer militärischen Aufmachung deutbar. Die rechte Hand, zur Faust geballt, stieß bei jedem zweiten Takt steil in die Luft, wobei er gleichzeitig einen unanständigen, einem Pups nicht unähnlichen Ton hören ließ.

Je mehr Besucher dieser Person gewahr wurden, um so mehr verdichtete sich das anfangs nur sporadisch zu hörende, unterdrückt klingende Auflachen zu einer zunehmend geschlossen wahrnehmbaren Heiterkeit.

Dennoch haftete allem Lachen der Wille an, es eigentlich nicht zu wollen. Spannung lag in der Luft.

Gäste tuschelten miteinander, teils amüsiert, teils ratlos schauend – bis jemand in gespielter Verzweiflung laut vernehmlich die Frage stellte: „Anyone happens to have a cork stopper?" Nach einer kurzen Phase Verdutztheit, befreitem Luftholen, brach sich enthemmtes Gelächter Bahn. Ich begriff nicht, überlegte und spürte, wie aus einem

Verdacht Erkenntnis entstand, ich vor Verlegenheit nicht wusste, was tun, und tief errötete – wohl als einziger unter all den vielen Gästen. Selbst Patti zeigte sich animiert, lächelte verhalten, während Jack nur etwas pikiert seine Mundwinkel hob.

Ob der Posse eine versteckte Botschaft zugrundelag oder einfach nur für eine Unterhaltung der besonderen Art sorgen sollte, habe ich nicht erkennen können, wertete aber die Reaktion der Gäste als weiteren Beweis für die sprichwörtliche Toleranz der Engländer. Mehr als ein „Tom yes you made it – fine, but now it's really enough, it's over" habe ich nicht gehört und Tom, so der Name des Possenreißers, trollte sich, zufrieden grinsend im Bewusstsein, sie alle wieder mal überrumpelt und in Verlegenheit gebracht zu haben.

In London

Nach zehn euphorisch erlebten Ferientagen in einer mir bis dahin völlig fremden Lebenswelt, in einer Welt, die mir paradiesisch erschien, mich wahrnahm, so tat, als ob ich dazu gehörte, von der ich aber auch jederzeit wusste, es würde sie nicht mehr geben, sobald ich wieder zurück in meiner norddeutschen Heimat sein würde, verabschiedete ich mich von meiner Gastfamilie, verließ Bournemouth. Patti hatte mich zum Bahnhof gebracht und, als wir uns verabschiedeten, noch kurz in den Arm genommen – wohl nur deshalb, weil es ganz einfach Teil ihrer Erziehung war, sie sich immer auf diese Weise von Freunden, von Personen, die ihr sympathisch waren, verabschiedete. Aber so etwas war mir bis dahin noch nie passiert und entsprechend verlegen muss ich wohl dagestanden und erfolglos versucht haben, meine Verwirrtheit zu verbergen.

Begrüßungsrituale, wie ich sie kannte, beschränkten sich grundsätzlich auf ein knappes „Moin", und das zu jeder Tageszeit. Selbst beste Freunde, die sich viele Jahre nicht gesehen hatten, näherten sich einander mit unsicherem Schritt, ihr Gegenüber genau taxierend, ob sich dieser tatsächlich zu einer umarmenden Gefühlsregung hinreißen lassen würde, auf die man dann entweder mit gleich scheuer Herzlichkeit reagieren oder sie auch nur überlegen lächelnd ignorieren konnte. In aller Regel war es jedoch so, dass eine Vertraulichkeit gar nicht erst versucht wurde. Das Risiko einer Bloßstellung durch Nichtbeachtung war ihnen allen zu groß. Ich kann mich noch erinnern, wie sich ein Kneipengänger zu vorgerückter Stunde und nach mehreren Lagen Bier mit Korn geradezu entrüstete, wie unerwachsen, geradezu gefühlsduselnd erbärmlich dies doch sei. Mit anderen Worten, man tat gut daran, den charakterstarken harten Kerl vorzutäuschen bzw. seinen Gefühlen nur dann freien Lauf zu lassen, wenn man sicher sein konnte, dass es keine Zeugen gab.

Als sich der Zug in Bewegung setzte, spürte ich eine wehmütige Traurigkeit und viel Dankbarkeit. Ein Gefühl, welches mich trösten würde, wenn der schulische Alltag Ärgernisse bereithalten oder wenn auch nur Langeweile mich plagen würde.

Spät am Nachmittag erreichte der Zug Waterloo Station, den Bahnhof, den ich schon von meiner Herfahrt kannte. Schnurstracks eilte ich zum Tourist Office, um mir dort eine Unterkunft für vier Tage zu sichern. Aber Unterkünfte in London, zumindest solche, die als bezahlbar und preiswert gelten konnten, waren rar und im Allgemeinen nur mit mehreren Tagen Vorlauf zu haben.

Der sympathische Officer schüttelte auch zunächst nur heftig seinen wildwuchernden Haarschopf, pardon, sein um Mitleid bemühtes, gleichwohl freundlich lächelndes Buddhagesicht: „No way, we are booked out completely!" Aber so schnell wollte ich nicht kapitulieren. Ich schaute bemüht hilfesuchend und behauptete, jede Art Unterkunft sei mir recht, und notfalls könne ich auch auf dem Fußboden schlafen.

Der Wuschelkopf hatte ein Einsehen, beugte sich wieder über seine Listen, blätterte hin und her und schien ehrlich bemüht, mir eine angemessene Beherbergung verschaffen zu wollen. Doch alle Mühe war umsonst. Er bedauerte aufrichtig, und als er begann, das Drama einer Obdachlosigkeit mit langatmigen Erklärungen kleinreden zu wollen, meldete sich lautstark eine Kollegin aus dem Hintergrund: „We just got a note from aunt Betty."

Eine Tante Betty hatte sich gemeldet und ein weiteres Hotelzimmer zur Vermittlung angeboten. Ob Tante den Grad einer Verwandtschaft beschrieb oder nur den fürsorgenden Charakter dieser Dame zum Ausdruck brachte, war wohl ohne Bedeutung. Auch der Wuschelkopf wurde von dieser Nachricht überrascht. „You are really lucky", strahlte er mich an, so als ob er selbst Nutznießer dieser frohen Botschaft wäre.

Das Hotel, ein alteingesessener kleiner Familienbetrieb, befinde sich nicht weit von hier, gerade auf der anderen Seite des Hyde Park, mit der U-Bahn in einer knappen halben Stunde zu erreichen. Zu Fuß würde ich den Hyde Park durchqueren, Speakers' Corner passieren und könne später noch die Portobello Road entlang schlendern, auf der heute so eine Art Trödelmarkt stattfinde.

Die Freude darüber, mir aus einer großen Verlegenheit zu einem unerwarteten Glück verholfen zu haben, inspirierte ihn zu immer neuen Vorschlägen, was und wie auf dem Weg zum Hotel noch zu besichtigen sei. Ich hatte Zeit und mit der beruhigenden Zusage einer verbindlichen Hotelreservierung hatte ich mich schon zu Beginn seiner Vorschlagsorgie für den gut zweistündigen Fußmarsch mit Hyde Park und Portbello Road entschieden.

Der Wuschelkopf mochte auf Dauer lästig fallen, aber er überrollte mich geradezu mit so großer Herzlichkeit und Redseligkeit, dass Gefühle von Überdruss oder Abwehr gar nicht erst aufkamen.

Wieder auf der Straße, studierte ich anhand meiner *city map of London* verschiedene Wegstrecken und stellte dabei fest, dass eine ganze Reihe der vom Wuschelkopf gepriesenen Sehenswürdigkeiten leicht erreicht werden konnten, ohne dass ein größerer Umweg gegangen werden musste.

Im Grunde verspürte ich jedoch wenig Lust, eine lange Liste ausgewählter Sehenswürdigkeiten in dieser Stadt *abzuarbeiten*. Alleinige Motivation für meinen Ferienaufenthalt war ja nur das Bedürfnis gewesen, dem großtuerischen Auftritt eines Schulfreundes einen Konter zu versetzen. Wie ich dann hier die Zeit verbringen wollte, darüber hatte ich zu diesem Zeitpunkt keinerlei Vorstellung und glaubte auch nicht, dass ein Plan von Nutzen sei; das heißt, im Kern wollte ich nur hier sein, um sagen zu können, dass ich hier gewesen war.

Andererseits hatte ich Pattis ungläubiges Aufblicken nicht vergessen, als ich ihr erklärte, dass ich keineswegs beabsichtige, während meines Aufenthalts eine sogenannte *summer school* zu besuchen, was alle Schulpflichtigen taten, die von ihren Eltern hierher geschickt wurden, sondern mich einfach nur treiben lassen und an jedem Tag neu und spontan entscheiden wolle, was wo Spaß machte und einen Besuch wert war.

Nun gut, auf jeden Fall würde ich das Kaufhaus Harrods aufsuchen. Von diesem wohl weltweit luxuriösesten Einkaufstempel hieß es, dass es wohl nichts gebe, was es dort nicht gebe. Das herauszufinden, sollte mir einen unterhaltsamen und spannenden Nachmittag bescheren. Hoffentlich ließ mich das aufmerksame Kaufhauspersonal dann auch gewähren und verwies dem erkennbar mittellosen und kaufunwilligen Besucher nicht den weiteren Aufenthalt in seinen heiligen Hallen.

Spannung würde auch das Londoner Vergnügungsviertel Soho bereiten. Ein weitverbreitetes Gerücht dichtete diesem Stadtteil die höchste Verbrechensrate im ganzen Königreich an. Touristen sollten sich unbegleitete nächtliche Besuche eher verkneifen. Wie dennoch ein Vor-Ort-Erlebnis riskiert werden könnte, das wollte ich mir noch überlegen.

Darüber hinaus würde ich wenigstens eines der vielen Museen Londons besuchen. Sollte ich bei einer späteren Befragung nach meinen Ferienerlebnissen nicht wenigstens noch den Besuch eines bekannten Museums nennen können, wäre ich wohl endgültig als Kulturbanause entlarvt. Aus der Zeitung wusste ich, dass in der Tate Gallery Exponate zu sehen waren, die aufgrund ihrer rigorosen Abstraktheit jeden Betrachter ratlos machten, empörten oder auch nur erheiterten. Ein Besuch würde sich also auf jeden Fall lohnen. Alles in allem, dachte ich, sei dies doch schon eine durchaus vorzeigbare Liste lohnenswerter Sehenswürdigkeiten.

Zufrieden schlenderte ich über die Westminster

Bridge, passierte Londons legendäres Wahrzeichen Big Ben, den Buckingham Palace und näherte mich Speakers' Corner. Etwa dreißig bis vierzig Zuhörer umstanden den Redner, einen hochgewachsenen, von Zorn und Eifer getriebenen alten Mann. Seine arg verschlissene Kleidung erinnerte nur schemenhaft an die eines wohlbetuchten Bürgers dieser Stadt, außerdem um mindestens zwei Kleidernummern zu groß, d.h. sie konnte von einer wesentlich beleibteren Person verschenkt oder, wahrscheinlicher, von ihm selbst in grauer Vorzeit passgenau erworben worden sein, hatte dann jedoch im Laufe der Jahre ihren Bezug zum Träger weitgehend verloren. In der Hand hielt er einen Zylinder, auch dieser alt und blass. Vermutlich wäre ihm dieser über die Augen gerutscht, hätte er ihn aufsetzen wollen. Somit nutzte er ihn auf- und ab-, vor- und zurückstoßend, um der Bedeutung seiner Argumentation die rechte Aufmerksamkeit zu verschaffen.

Sein Publikum, überwiegend erkennbar als Touristen, hatte er immer im Blick, fixierte es, minutenlang, bis ihm mehrere Sätze in schneller Folge und scharfer Artikulation herausplatzten. Danach wieder eine längere Phase aufmerksamen Beobachtens, bis er erneut seine Zuhörer mit einer Salve impulsiv herausgestoßener Forderungen traktierte.

Was er seinen Zuhörern ins Bewusstsein hämmern wollte, habe ich nicht herausfinden können, nicht einmal sagen können, ob es überhaupt Englisch war. Wenn es nicht ein extrem unverständlicher Dialekt war, könnte es auch die Sprache aus einer der vielen Kolonien Englands gewesen sein. Ob seine Worte überhaupt verstanden wurden, konnte ich mir eigentlich auch nicht vorstellen.

Sein Publikum wirkte jedoch durchaus beeindruckt, auch verstört und zum Teil auch peinlich berührt von der Hilflosigkeit und der Aussichtslosigkeit, mit der diese bühnenreif zürnende Person, die in früherer Zeit ein geachtetes Mitglied der englischen Oberschicht gewesen sein mochte, für ihr Anliegen stritt.

Jetzt hielt er inne, schaute erschöpft in die Gesichter seiner Zuhörerschaft, mochte in einigen, neben allgemeiner Anteilnahme auch unverhohlene Schadenfreude entdeckt haben, und dies ließ ihn wohl schmerzhaft spüren, wie gänzlich unempfänglich seine Zuhörer für seine Nöte waren. Sie alle wollten nur fröhlich unterhalten werden, wollten Spaß, vielleicht auch eine Tragödie, bei der man sich die Tragik vorstellte, aber nicht selbst erlebte.

Ungelenk stieg er von seinem Podest, einer Art Trittleiter, von der herab er freistehend seine Rede gehalten hatte. Ohne ein weiteres Wort wandte er sich zum Gehen, enttäuscht, zutiefst verletzt und ohne Hoffnung. Er tat mir leid.

Es dunkelte bereits, als ich mein Hotel erreichte. „My name is Betty", begrüßte mich die Inhaberin, streckte mir die Hand entgegen und lächelte so einladend, dass ich mir jetzt sicher war, die Bezeichnung Tante beschreibe ihren freundlichen Charakter und keine verwandtschaftliche Beziehung mit einem Verantwortlichen aus dem Tourist Office.

Einen Fahrstuhl gab es nicht. Die oberen Stockwerke erreichte man über eine hölzerne Wendeltreppe. Die mittig ausgetretenen Stufen knarrten bedenklich, aber für mich hieß das nur, dass sich diese Konstruktion schon seit Jahrzehnten bewährt hatte, der Eigentümer nie einen Anlass gesehen hatte, sie zu modernisieren, um so höhere Zimmerpreise rechtfertigen zu können – ich fühlte mich zuhause.

Das relativ kleine Zimmer verfügte nur über ein breites hochstehendes Bett, einen alten, antik anmutenden Kleiderschrank und einen abgetrennten Sanitärbereich. Aus einem kleinen runden Fenster, einem sogenannten Bullauge ähnlich, konnte man auf die Straße blicken.

Es war schon reichlich spät. Ich packte meine wenigen Kleidungsstücke in den Kleiderschrank, richtete mich für die Nacht ein, schloss die Augen und träumte – von Patti und Jack, von Cathy und John, von Speakers' Corner, dem aufgebrachten Fanatiker auf dem Podium und dem Erscheinen seines adeligen Freundes, der den Wütenden freundlich in den Arm nahm, vom Podium half und in den Fond einer bereitstehenden Limousine komplimentierte.

Mein Schlaf war tief und fest gewesen, und ich freute mich jetzt auf erste Eindrücke von und in dieser Stadt. Nach einer wohltuenden, den Puls und die Sinne mobilisierenden Räkelei, richtete ich mich auf, stellte die Füße vors Bett – so zumindest meine Absicht, aber irgendetwas verhinderte das Aufsetzen. Ich beugte mich vor und sah auf die abwehrend erhobenen Hände eines jungen Mannes. Zu meinem eigenen Erstaunen war ich weder entsetzt noch übermäßig erschrocken. An bisher allen Ferientagen hatte ich Überraschendes erlebt, Angenehmes zumal, und hatte begriffen, dass ich eine außergewöhnliche Zeit erlebte, in der Außergewöhnliches eine Art Normalität darstellte. Das einzig Überraschende an der heutigen Überraschung war, dass ich diese schon so früh am Tage erlebte.

Nicht dass ich unterstellen möchte, dieser heimlich erschlichene Bei-, pardon, Mitschlaf könne noch innerhalb einer generös interpretierten Gesellschaftsnorm verortet werden, ganz sicher nicht. Mir war durchaus klar, dass er eine besondere Zumutung darstellte, die es zu erklären galt.

Mein Mitschläfer Jonathan war nach langer Zugfahrt erst nach Mitternacht in London eingetroffen und hatte sich dort in Bahnhofsnähe vergeblich nach einer Übernachtungsmöglichkeit umgesehen. Vom Portier eines größeren Hotels war ihm Bettys Adresse als letzte Möglichkeit genannt worden. Ihr hatte er sich anvertraut, seine Verzweiflung geschildert und Betty hatte einen ehrlichen Charakter erkannt, eine glaubwürdige Erzählung, und sie konnte sich vorstellen, dass der nur wenig jüngere Kerl aus Germany wohl nichts dagegen hätte, wenn ein verzweifelt Obdach Suchender sich für eine Nacht zu dessen Füßen einen Schlafplatz einrichtete.

Jonathan fühlte sich, und war es auch, schuldig „I am sorry, so sorry, I am … ", stotterte er. Und indem er seine Idee und sein Tun erklärte, glaubte er wohl auch, den vermeintlichen Zorn des Leidtragenden in eine Art Mitgefühl verwandeln zu können: Er hatte für heute um 10:00 Uhr bei einer renommierten Londoner Spedition einen Vorstellungstermin, von dem sein derzeitiger Arbeitgeber jedoch nichts wissen sollte. Mehr als einen Tag Abwesenheit konnte er sich jedoch nicht leisten, und so entschloss er sich zu der frühestmöglichen Zugverbindung von Edinburgh nach London, nachdem er seine Arbeit für diesen Tag beendet hatte. Nach dem Vorstellungsgespräch am darauffolgenden Tag bleibe dann auch noch Zeit für geschäftliche Besorgungen, bevor er in der Nacht zurückfahre und frühmorgens seinem Arbeitgeber wieder pünktlich zur Verfügung stehe.

Noch während mir Jonathan die Aufregungen seiner nächtlichen Herbergssuche schilderte, kam Betty ins Zimmer gestürmt, all ihren Charme aufbietend, der es jedem Gegner unmöglich machte, sie zu attackieren. Sie inszenierte das nächtliche Drama als einen Notfall, für den es keine andere Lösung gegeben habe. Mir wäre eine gleiche Behandlung zuteilgeworden, hätte ich anstelle von Jonathan um eine Schlafgelegenheit betteln müssen.

Als Wiedergutmachung überlasse sie mir die Bestimmung des Zimmerpreises für diese Nacht. Ganz gleich, für was ich mich entscheiden würde, sie werde jeden Betrag akzeptieren. Das alles war so schnell, ohne Pause und gelegentlich auch mit Vokabeln erklärt worden, deren Bedeutung ich nicht kannte, allenfalls ahnte, sodass ich Zeit benötigte, um den Sinn ihrer Rede zu erfassen. Meine sinnsuchende Mimik deutete sie wohl als Ausdruck einer immer noch vorhandenen Empörung und formulierte es noch einmal, jederzeit (*any time*) würde ich bei ihr unterkommen können, wenn Not am Mann sei.

Wenn ich das nächste Mal in London sei, möge ich es gar nicht erst woanders versuchen, sondern gleich zu ihr kommen. Ich war längst davon überzeugt, dass sie es ernst meinte, hatte ihr alles vergeben und konnte mir für eine Sekunde sogar vorstellen, dass sie mir notfalls – in aller Unschuld, versteht sich, sogar die Betthälfte ihres verstorbenen Ehemanns überlassen würde.

Nach einem herzhaften Frühstück machte ich mich gutgelaunt auf den Weg zur Tate Gallery. Schon vor dem Eingang wiesen Plakate auf eine Sonderschau zeitgenössischer Werke hin, die es in dieser Zusammenstellung noch nie gegeben habe und die nur hier in diesem Museum zu besichtigen sei.

Ich hatte bis dahin noch nie ein Museum von innen gesehen und wäre wohl auch jetzt nicht hier gewesen, wenn nicht in der Boulevardpresse über skandalöse Zumutungen einiger Werke gesprochen worden wäre. Allein – skandalös empfand ich nichts. Vielleicht auch deswegen, weil ich ja schon in Erwartung von Provokantem, Monströsem, Unvorstellbarem diese Ausstellung betreten hatte, aber nichts sah, was über das vorgestellte Maß hinausging.

Immerhin war die Ausstellung gut besucht, und viele Besucher betrachteten die Exponate mit tiefem Ernst, der sich fast schon als Ehrfurcht deuten ließ, den Blick nach innen gerichtet, so als ob sie der Seele eines jeden Schöpfers bis auf den Grund schauen wollten, um so dessen Inspiration für sein skurriles Kunstwerk nachempfinden zu können.

Anderen Besuchern stand ein süffisantes Lächeln im Gesicht. Sie wussten von Beginn an, dass hier nichts zu finden war, was ihnen den Alltag erklärte, was sie an Bildung gewönnen. Sie waren hier, weil sie sich von staunenswerten Albernheiten überraschen lassen wollten, sich amüsieren wollten, so wie man einem Clown im Zirkus zusah, dessen Späße manchmal lustig, manchmal langweilig, mitunter auch dümmlich, aber immer harmlos waren.

Bei einigen Bildern hatte ich den Eindruck, sie seien alle mal mehr oder weniger gegenständlich entstanden, dann zerschnitten und aus großer Höhe zu Boden getrudelt. Die auf dem Malgrund gelandeten Schnipsel glichen dann den Puzzlestücken eines noch zu lösenden Puzzlespiels und die gedanklich zu einer Logik verknüpfbaren Teile machten glauben, da könne doch was dran sein, tief versteckt in diesem Rätselstück warte eine grandiose Offenbarung nur darauf, entdeckt zu werden.

Besonders irritierend zeigte sich eine Installation, bei der auf einer Fläche von circa fünf mal fünf Metern Seile gespannt waren, von oben nach unten, von schräg nach quer, einfach und doppelt und überhaupt. In knappem Abstand umrundete dieses Gebilde ein Seil aus gleicher Fabrikation in Form eines Vielecks. War es Teil des Kunstobjekts oder sollte es nur allzu Neugierige auf Distanz halten?

Die Gruppe der Rätselratenden wurde schnell größer, aber beide Meinungs-Parteien schienen gleichstark zu sein, und eine Verschiebung zugunsten einer Seite war auch nicht zu erkennen.

Als einer der Wortführer das Seil ergriff, es nah vor Augen führte, wohl um zu prüfen, ob er Spuren einer künstlerischen Weihung daran oder darin entdeckte, stürzte ein livrierter Saaldiener hinzu und machte ihm unmissverständlich klar, dass es ganz gleich sei, wie das begrenzende Seilstück zu deuten sei, es dürfe in keinem Falle angefasst werden.

Obwohl immer noch nicht entschieden worden war, ob das Seil Teil des Exponats war, verloren die Kontrahenten plötzlich jegliches Interesse an einer Fortführung ihres Streitgesprächs. Sie trennten sich in demonstrativer Gelassenheit, und ein jeder machte sich auf die Suche nach weiteren Objekten, die man bewundern, verdammen oder auch nur verlachen könne.

Ich gewann die Überzeugung, dass es wesentlich einfacher sei, derartige Objekte zu erstellen als sie zu erklären. Der Erbauer hätte inmitten dieses Seilwirrwars ganz ohne Sinn auch einen Kupferkessel stellen können und die Kunstsachverständigen dieser Welt hätten sich die Köpfe zerbrochen, welcher Geniestreich den Meister zu dieser Tat veranlasst hätte.

Ich hatte genug von den Zeitgenossen und wandte mich dem Bereich zu, in dem dieses Museum seine regulären Ausstellungen anbot. Die Bilder vieler alter Meister überzeugten hier mit einer unmissverständlichen Botschaft, machten das Können ihrer Schöpfer und deren Anstrengungen sichtbar. Beeindruckend, wie auf dargestellten Gesichtern zornige Absichten, innere Zerrissenheit, melancholische Benommenheit oder unbekümmerte Fröhlichkeit auch dann deutlich unterscheidbar blieben, wenn diese nur in Andeutungen zu erkennen sein sollten. Es diesen Meistern gleichzutun – ein Ding der Unmöglichkeit. Ganz im Gegensatz zu manchen der zuvor betrachteten Produkte modern gestaltender Künstler. Das Erste, was mir dann dazu einfiel war: „Das kann ich auch." Aber gleichzeitig wusste ich natürlich, dass kluge Leute derartige Bilder für bedeutsam hielten und andere, die auch nicht verrückt waren, dafür hohe Preise zahlten. Bevor man sich also abfällig äußerte, tat man gut daran, sich der gleichen Meinung seines Gesprächspartners sicher zu sein, wenn man sich nicht den rüden Attacken eines *Modern-Gläubigen* aussetzen wollte.

Ich erinnerte mich an Schulstunden im Kunstunterricht, in denen Grundbegriffe der Portraitmalerei diskutiert wurden und zeichnerisch aufs Papier gebracht werden sollten und wie leicht dabei mit einer falschen Linienführung um wenige Millimeter aus einem Weisen ein Irrer, aus einer Frohnatur ein Griesgram, aus Tiefsinn Blödsinn entstehen konnte.

Eine gleiche *Verfehlung* in der modernen Malerei würde gar nicht zur Kenntnis bzw. als solche nicht einmal wahrgenommen oder womöglich als gelungene Pointe im zugrunde liegenden Bildthema gefeiert werden.

Möglicherweise war das alles aber auch viel zu komplex für mich, und da ich ohnehin an dieser Thematik nicht sonderlich interessiert war, dachte ich, jetzt ganz englisch: „So what?"

Wieder auf der Straße, verspürte ich Hunger und bediente mich am nächstgelegenen *fish 'n' chips*-Stand. Der Verkäufer bot sein Produkt zwar weit weniger spektakulär an als sein Kollege am Strand von Bournemouth, dafür allerdings verfügte sein Stand über Sitzgelegenheiten.

„You are German?", begann er den Dialog. Ich konnte mir nicht vorstellen, dass meinem Äußeren etwas typisch Deutsches anhaftete. Vermutlich war hier die Anzahl junger Deutscher so hoch, dass man mit ihrer Nationalität die höchste Trefferquote erzielte. Auf diese Frage hatte ich bei früherer Gelegenheit ziemlich ausweichend geantwortet, dass ich Schweizer sei. Diesmal wollte ich mutiger sein.

„Yes", lautete meine Antwort.

„Oh, you want to see what you did to my country?", wollte er wissen, – halb im Scherz, halb im Ernst. Ich überlegte noch, was genau er denn wissen wollte, als er provozierend fortfuhr: „You have to pay for it." Wiederum dauerte es eine Weile, bis ich verstanden hatte, wofür ich zahlen sollte. Offenbar waren die Kriegsschäden gemeint, die Nazi-Deutschland seinem Land im letzten Krieg zugefügt hatte. Nun war ich Gesellen vom Schlage dieses *fish 'n' chips*-Verkäufers schon häufiger zuhause in der Kneipe begegnet und hatte die Erfahrung gemacht, dass man solchen Situationen, die unter Umständen recht schnell und ganz ungewollt eskalierten, am besten mit Humor begegnete. Ich griff in meine Hosentasche, holte alle Münzen heraus und ordnete die relativ wertlosen Pence-Stücke auf eine Seite der Handfläche. Mit gespielter Zerknirschtheit wollte ich wissen: „Of course, how much?" Er verstand, lächelte zustimmend und meinte: „Yes, but believe me, it is not enough", – und dann nach kurzer Pause ein freundliches: „Have a good time!"

Ich überlegte, wie der Rest des Tages sinnvoll zu verbringen sei. Das Harrods lag zwar auf dem Weg zum Hotel, aber ich wollte mehr Zeit für einen Besuch einplanen, als jetzt noch gewesen wäre. Nicht weit von hier verband die Tower Bridge, ein weiteres Wahrzeichen Londons, die beiden Themse-Ufer. Der mittlere Teil der Brücke lässt sich hochklappen, sodass auch größere Schiffe diese Stelle passieren können. Es müsste spannend sein, ein solches Manöver zu beobachten. Außerdem konnte der größte Teil des Weges von hier aus längs der Themse begangen werden, auf der neben dem gewerbsmäßigen Schiffsverkehr auch Segel- und kleinere Motorboote zu sehen waren.

Ich beschloss also, diese in allen Werbebroschüren gerühmte Tower Bridge aufzusuchen, um sie, ja eigentlich nur, um sie gesehen zu haben.

Zwischen dem Wasser der Themse und der

Kaimauer lag noch ein breiter Streifen sehr wässerigen Schlicks, als ob dieser Bereich noch kurz zuvor überflutet gewesen wäre. Ich begriff das nicht, schaute wiederholt auf das Wasser, den Flusslauf ab-, dann wieder aufwärts, aber nichts ließ sich entdecken, womit dieses Phänomen hätte erklärt werden können. Lediglich einige auf Abstand tätige, dunkel gekleidete Personen wateten in Gummistiefeln durch den Schlick, den Blick konzentriert zu Boden gerichtet, gelegentlich mit einer Hacke im Boden stochernd.

Schließlich sprach mich eine Person an, die man überall auf der Welt sofort als den typischen Gentleman englischer Nation identifiziert hätte, eine sehr gepflegte Erscheinung mit Schnauzbart, Melone und langem Stockschirm, den er über seinen angewinkelten Unterarm gehängt hatte.

Er hatte wohl gesehen, wie ich vergeblich nach einer Erklärung suchte und – ganz dem Klischee des zuvorkommenden, gegenüber jedermann hilfsbereiten Mannes von Welt verpflichtet – bot er auch einem sehr jungen, ratlos blickenden Kerl seine Unterstützung an.

Seine Ausführungen versetzten mich in der Tat in nicht geringes Erstaunen und ich fragte mich gleichzeitig, warum wusstest du das nicht. Die Gezeiten von Ebbe und Flut haben selbst in London nach 90 Flusskilometern der Themse noch erhebliche Auswirkungen. Die Pegel unterscheiden sich zwischen vier und bis zu sieben Metern.

Bei Ebbe, wie zurzeit, liegen breite Flusssäume trocken und diese Gelegenheiten werden von den *Mudlarks*, einer Art Schatzsucher, genutzt, um im Schlamm der Themse nach Gegenständen zu suchen, die in grauer Vorzeit auf den Grund des Flusses gelangt sind, ob entsorgt, erzwungen, aus Versehen, mit oder ohne Absicht spielt hierbei keine Rolle.

Gelegentlich wurden sogar Münzen, Amphoren und andere Gebrauchsgegenstände aus der über 400-jährigen Zeit römischer Herrschaft gefunden. Das mit Macht auf- und ablaufende Wasser stellte sicher, dass immer wieder neues Material angeschwemmt, Bestehendes weggeschwemmt, bisher Verborgenes aufgedeckt wurde und so die Hoffnung auf sensationelle Fundstücke nie ganz erlosch.

Man konnte also sein ganzes Leben an immer gleicher Stelle im Uferschlamm wühlen mit der berechtigten Aussicht, die zuvor wogenden Wassermassen hätten an gerade dieser Stelle Sammelnswertes im Sand vergraben.

Soweit ich das beurteilen konnte, erforderte diese Art der Schatzsuche ein gehöriges Maß an

Beharrlichkeit und einen unerschütterlichen Glauben, dass es sich irgendwann schon lohnen werde, ein grandioser Fund allen Aufwand wert gewesen sein werde. Immer nur für wenige Stunden gewährte der Lauf der Gestirne, in diesem Fall Sonne, Mond und Erde, dem Glücksucher eine Chance zur Schatzfindung, danach verwehrten sie dem noch so leidenschaftlich Glückssuchenden für die gleiche Dauer jeglichen Zugang zum erhofften Glück. Der Wechsel von Ebbe und Flut, der die Spielregeln der Schatzsuche vorgab und auf die man keinen Einfluss hatte, faszinierte, er entschied, himmlischen Mächten gleich, über das Glück der Schatzsucher.

Der Mann mit der Melone genoss es, mich zu beeindrucken, und ich hütete mich, diesen Eindruck zu korrigieren. Er wollte all das wissen, worauf ich schon viele Male eine Antwort gegeben hatte, und wenn es passte, dann packte ich noch eine weitere Schmeichelei drauf, erklärte ihm, dass ich vieles in Großbritannien gesehen hätte, was dem Rest der Welt ein Vorbild sein könne, dabei immer in Sorge, er wolle es im Detail wissen, was ich denn so Beispielhaftes entdeckt hätte. Aber er wollte nicht, und ich vermute, er ahnte, dass ich darauf auch nicht wirklich kompetent hätte antworten können.

Am Ende unserer Begegnung bedankte er sich mindestens so ausführlich wie ich für unser gegenseitiges Verständnis, das unterhaltsame Gespräch und vieles andere mehr. Mann – so freundlich wie anstrengend dieser Mann!

Als selbst nach einer vollen Stunde keiner der von mir beobachteten Schatzsucher einen aufhebenswerten Fund gemacht hatte, reichte es mir. Ich hatte genug gesehen, verzichtete jetzt auch auf eine Begehung der Tower Bridge und machte mich auf den Weg zurück zum Hotel.

Stopover

Noch vor der gläsernen Hoteltür entdeckte ich Betty, wie sie ihre Gesprächspartnerin zu Antworten ermunterte, die diese eher zögerlich zu geben bereit war. Nach längerem Zureden hob sie den Blick, auf eine Antwort wartend, auf die sie dann mit doppelt so langem Redefluss reagierte.

Betty sah mich kommen, und man merkte ihr an, sie hatte etwas mitzuteilen, stellte sich mir in den Weg und erklärte auf die junge Frau weisend:

„This is Rita on her way back to Germany. Joe, I want you to know that she needs some help for seeing London this evening." Sie strahlte mich an und ließ keinen Zweifel, dass sie nichts anderes als Begeisterung erwartete. Ja, mein Gott, warum nicht? Ich war ja, wie gesagt, Überraschungen gewohnt, und Überraschungen dieser Art waren, of course, hochwillkommen, ganz unabhängig davon, wie sie enden könnten, denn, wenn ich sie erst gar nicht zuließ, blieb mir eben auch die Chance auf eine unterhaltsame Zweisamkeit an diesem Abend von vornherein versagt.

Betty, die wohl immer noch das Gefühl hatte, mir etwas schuldig zu sein, wollte mir, der ich doch jung und einsam, allein in einer Großstadt und dazu noch fremdsprachig herumirrte, zu einer Bekanntschaft verhelfen, mit der man einen spannen-den Abend erleben könnte. Eine weibliche Beglei-tung müsse doch gefallen und werde ihn wissen lassen, dass ihr, Betty, durchaus die Ungehörigkeit einer heimlichen Zuweisung eines fremden Mit-schläfers bewusst und sie zu tätiger Wiedergutma-chung bereit sei.

Rita ließ sich Zeit. Ihre feingeschnittenen Ge-sichtslinien bildeten einen eher reizvollen Kontrast zu ihrem energisch gezeichneten Kinn und den starken Augenbrauen. Ihre Nase war so gerade und schmal wie auf einer griechischen Maske. Aus dunklen, prüfenden Augen fixierte sie mich – län-ger als es nötig gewesen wäre. Zu etwas Unüber-legtem würde sie sich auf keinen Fall drängen lassen. Aber dann bemerkte ich ein flüchtiges Lä-cheln, sie hatte sich entschieden – gab sich den An-schein, ein Spiel mitzumachen, welches sie eigent-lich nicht wolle, einer Diskussion aber auch nicht wert sei.

Tatsächlich hatte ich aber das Gefühl, sie war im Grunde froh, den Abend nicht allein sein zu müssen, und sie war froh, dass diese Verabredung auf Bettys Initiative hin zustande kam. Hätte dieser blasse Jungspund um ihre Begleitung gebeten, hät-te sie selbstverständlich abgelehnt oder besser ab-lehnen müssen. Aber die Hoteliersfrau als quasi

Gastgeberin durfte man nicht brüskieren, hier verbot sich schon aufgrund beigebrachten Anstands eine Verweigerung.

Nach einer halben Stunde machten wir uns auf den Weg „to see London", wie Betty es formuliert hatte. Doch erstens war es ganz unmöglich, an einem Abend London zu entdecken, und das zu einer Zeit, in der alle Geschäfte, Museen und Cafés sowieso schon geschlossen hatten, und zweitens schien Rita auch nicht sonderlich daran interessiert. Wir entschieden uns notgedrungen und mit klammheimlicher Freude ob der fehlenden Alternativen für das Londoner Ausgehviertel Soho.

In der U-Bahn drängten sich die Berufspendler, Rückkehrer von Shopping-Touren und Touristen, die sich satt gesehen hatten oder auf der Suche nach nächtlichem Vergnügen waren. Und wir beide, Rita und ich, mittendrin, vermieden den unmittelbaren Blickkontakt, der bei so wenig Distanz hätte erklärt werden müssen, und dafür wäre mir nichts eingefallen, dem Rita nicht augenblicklich widersprochen hätte, aber sie ließ auch nicht erkennen, dass ihr die Nähe unangenehm war.

Nachdem ich ihr von mir berichtet hatte, insbesondere welcher Einfall mich nach England geführt hatte, wo ich bereits gewesen war und welche Erfahrungen ich hier gemacht hatte, begann auch

sie, von sich zu erzählen. Sie hatte gerade eine Au-
pair-Tätigkeit bei einer Familie in Schottland, mit
der ihre Mutter über mehrere Ecken verwandt war,
beendet, war dort mit reichlich Taschengeld ver-
sorgt worden und jetzt auf dem Weg zurück zu ihren Eltern ins Allgäu. London stellte auf ihrer
Rückreise lediglich eine Zwischenstation dar, da
München nicht direkt angeflogen werden konnte.
Ihre Eltern betrieben in ihrer Heimatregion mehrere Ferienhäuser und Rita war bestimmt worden,
die Geschäfte ihrer Eltern fortzuführen, und je
früher sie dabei Verantwortung übernehme, umso
wünschenswerter sei dies.

Vater und Mutter seien ja nun auch nicht mehr
die Jüngsten, hatten im und nach dem Krieg viel
leiden und arbeiten müssen und waren infolgedes-
sen eben auch nicht bei bester Gesundheit. Rita
schilderte ihr Los in einfachen Sätzen, direkt und
unmissverständlich, so als ob sie sich selbst diesen
Text schon viele Male vorgesagt hätte, damit sein
Inhalt mit jedem Mal an Wahrheit gewönne und einer Weisung ihrer Eltern gleichkäme.

Es war wenig Freude zu spüren, auch das bevorstehende Wiedersehen mit ihren Eltern schien
ihr keine Laune zu machen, umso verwunderlicher,
da sie diese nicht ein einziges Mal während ihrer
Au-pair-Zeit besucht hatte. Rita war mir ein Rätsel.

Äußere Umstände deuteten auf eine problemlose Konstellation ihrer Lebensumstände, andererseits schien sie psychisch belastet, beschäftigt mit einem Gedanken, den sie nicht los wurde, der auch dann präsent blieb, wenn sie von eher lustigen Ereignissen, sprachlich-witzigen Missverständnissen und Ähnlichem aus ihrer Au-pair-Zeit berichtete. Ich wollte ihr helfen, wusste aber nicht wie.

Sie war älter als ich, und tröstende Erklärungen, wie sie sich eigentlich nur Ältere gegenüber deutlich Jüngeren erlauben sollten, hätten sie glauben machen können, dass sie es mit einem jungen, unreifen Schnösel zu tun habe, der nur altklug und unwissend daherredete, im Grunde aber von Tuten und Blasen keine Ahnung hatte, mit dem weiteres Zusammensein reine Zeitverschwendung wäre oder überhaupt eine Zumutung darstellte. Das wollte ich auf keinen Fall.

Am Piccadilly Circus verließen wir die U-Bahn und wanderten aufs Geradewohl in das nördlich gelegene Soho. Auf vielen Straßen herrschte eine drangvolle Enge. Auffallend der Anteil dunkelhäutiger Menschen, überwiegend Asiaten. Vielen war ihre heitere Stimmung und die Vorfreude auf stimulierende Darbietungen und lustvolle Spektakel anzusehen. Es herrschte insgesamt eine unbeschwerte, eine vergnügungssüchtige Stimmung.

Rita allerdings schien das alles nicht zu beeindrucken. Sie schaute nachdenklich zu Boden, ließ mich Erlebtes aus vergangenen Pub- und Klub-Besuchen erzählen und schaute nur dann auf, wenn ich geendet hatte und sie sich wohl davon überzeugen wollte, was davon ironisch gemeint war und was nur zu ihrer Unterhaltung hinzugedacht worden war. Aber unabhängig hiervon, hatte ich den Eindruck, dass ihr diese Unterhaltung guttat. Sie wirkte dann sichtbar weniger in sich gekehrt, dem Gespräch zugewandt, in meine Erzählung vertieft. Ihr Interesse schmeichelte mir und ließ mich manche Dinge dramatischer darstellen, als sie sich tatsächlich zugetragen hatten.

Unter einer hell scheinenden Bogenlampe drängte sich ein Gruppe Besucher um einen kleinen aufklappbaren Tisch, auf dem ein Taschenspieler sein fragwürdiges Geschick feilbot.

Er animierte seine Zuschauer, auf den Verbleib einer Kugel unter einer von drei auf den Kopf gestellten Becher zu wetten. Dabei stülpte er einen Becher über die Kugel, schob diesen Becher dann zwischen, neben, vor und hinter die zwei anderen und dies wiederholend in immer wieder veränderter Reihenfolge. Das alles in einem wohlkalkulierten Tempo, das den Zuschauer zu der Annahme verleiten sollte, hierbei könne der Verschiebungsweg von niemandem mehr, auch nicht vom Akteur selbst, real verfolgt werden. Gelänge es einem Zuschauenden dennoch, würde der sich ohne Risiko auf eine Wette einlassen können.

Tatsächlich ließ sich der Weg des Kugelbechers bei genauem Hinsehen jedoch recht gut bestimmen, und trotzdem befand sich bei keinem Mal die Kugel unter dem aufgehobenen Becher. Auf dieser Wahrnehmungsebene war das Rätsel jedenfalls nicht zu lösen. Selbst wenn man dem Becher, der über eine Kugel gestülpt wurde, ein eindeutiges Erkennungsmerkmal aufgemalt, ihn um keinen Millimeter bewegt und ihn dann zur Wettauflösung gelüftet hätte, es wäre keine Kugel zum Vorschein gekommen.

Als sich Unmut bemerkbar machte, einer „Lug und Trug!" skandierte, hob der Spielmacher beide Hände, schlug sie einem Kreuz ähnlich in alle vier Himmelsrichtungen, beschwor seinen Gott Allah als Zeugen und behauptete, allein dessen Wille entscheide über den Verbleib der Kugel, er selbst habe da keinerlei Einfluss. Ein neues Spiel werde das beweisen.

Und siehe da, die nächsten beiden Kandidaten gewannen jeweils ihren Einsatz plus den gleichen Betrag als Wettgewinn. Die Skrupellosigkeit dieses Scharlatans war mit Händen zu greifen und hatte dennoch Erfolg.

Bevor ich es verhindern konnte, hatte Rita eine Pfundnote auf den Tisch gelegt und verfolgte jetzt mit Argusaugen die wechselnden Positionen ihres Bechers. Der Scharlatan hätte jetzt noch einmal seine Gottgefälligkeit und Redlichkeit unter Beweis stellen und Rita den Treffer gönnen können, aber ein Pfund, damals gut 12 DM, das war ihm wohl zu viel als Preis für die Wiederherstellung seiner Glaubwürdigkeit.

Er schaute Rita nur übertrieben bedauernd an und ermunterte sie gleichzeitig zu einem erneuten Versuch. Aber Rita hatte begriffen, lehnte dankend ab, und noch bevor ich sie mahnend fragen konnte: „Warum?", erklärte sie: „Joe, mach Dir keine Sorgen, es ist mein Geld, ich brauch es nicht!" oder hatte sie gesagt: „Ich will es nicht!"? Genau weiß ich es nicht mehr.

Nach diesem Erlebnis schien sie wieder ähnlich verschlossen, wie ich sie schon kennengelernt hatte, beschäftigt mit nicht sichtbaren Problemen und unbeantworteten Fragen. Ich suchte ihre Aufmerksamkeit und wollte sie trösten. Ein Pfund Lehrgeld für eine allzu naive Gutgläubigkeit sei doch wenig, wenn es sie vor späteren Betrügereien bewahre, bei denen es um sehr viel mehr gehe; so gesehen sei das doch gut investiertes Geld. Es sollte lustig klingen, aber Rita blieb ernst, verzog keine Miene.

„Joe, Du hast recht, aber mir geht es nicht um dieses Geld. Ich will es ausgeben. Komm, wir wollen essen gehen." Ich schaute einigermaßen verdutzt und zögerte noch, als sie ergänzte: „Du bist eingeladen!"

Dass sie das Geld, welches sie verloren hatte, sowieso hätte loswerden wollen – nun ja, so redet einer, der seinen Ärger rasch zu vergessen sucht. Dass wir irgendwann auch etwas essen würden, davon war auch ich ausgegangen und dachte dabei an eine Portion *fish 'n' chips* – köstlich und preiswert. So wie sie es formulierte, klang es jedoch nach einem eher teuren Restaurantbesuch. Und dass sie mich einlud, das war schon gar nicht zu verstehen.

Auf einer altgedienten Holztreppe gelangte man zu dem auf halbem Stockwerk gelegenen Restaurant. Der Raum maß höchstens fünf mal sechs Meter und sein Basis-Inventar erinnerte mich ein wenig an die Einrichtung eines Pubs, den ich noch von Bournemouth kannte. Allerdings hatte der Besitzer nichts unversucht gelassen, diesen Gastraum indisch aussehen zu lassen. Wo es Stellflächen hergaben, standen Skulpturen von Hindu-Heiligen und -Dämonen, von Buddha, von Tiergestalten und andere Devotionalien. Dazwischen Lichterketten, Lämpchen und über allem der Duft von Räucherkerzen.

Wir waren die einzigen Gäste. Von der Seite näherte sich eine indisch gekleidete Bedienung mit nordischem Aussehen. In einiger Entfernung verharrte sie und erwartete unsere Bestellung. Aber als sie uns Deutsch reden hörte, trat sie näher, gab sich als geborene Deutsche zu erkennen, empfahl verschiedene indische Speisen und hoffte auf ein Gespräch unter Landsleuten. Wir entschieden uns für alles, was sie vorschlug, deuteten auf den noch leeren Stuhl an unserem Tisch und hörten ihre Geschichte.

Lisa hatte ihren indischen Mann in London während ihrer Ausbildung zur Hotelfachfrau kennen und lieben gelernt, aber beide hatten ihre Eltern nicht davon überzeugen können, dass sie zusammengehörten und es bleiben wollten, komme, was da wolle. Obwohl jedem der beiden ein gesicherter Karriereverlauf mithilfe ihrer Eltern versprochen worden war, verzichteten sie darauf, pachteten einen arg in die Jahre gekommenen Pub, sanierten ihn und trimmten sein Aussehen und seine Atmosphäre auf Indisch und kämpften Jahr für Jahr mehr schlecht als recht um ihr wirtschaftliches Überleben.

Lisa litt unter dieser jahrelangen Fron, bei der nur wenig Aussicht auf Besserung bestand, wagte aber auch nicht, ihrem Mann zu gestehen, wie erschöpft, wie verzweifelt sie sich fühle. Einmal hatte sie ihre Eltern um ein Einsehen gebeten, aber diese waren nicht bereit, von ihrer Forderung abzurücken – Scheidung und Rückkehr. Punkt!

Während ihrer jetzt stockend vorgetragenen Unterredung mit ihrer Mutter und deren häufigen Hinweisen darauf, wie schwer es für sie und ihren Vater gewesen sei, die Familie durchzubringen, füllten sich ihre Augen mit Tränen, so lange, bis ihr diese über die Wangen liefen. Lisa sprach und sah nur Rita, von ihr erhoffte sie Mitgefühl, Trost und Verständnis.

Ritas Interesse war sofort von Anfang an geweckt gewesen und wurde umso größer, je mehr Lisa von sich und ihrem Elternhaus berichtete, in dem es auf Fleiß und Disziplin ankam, Verfehlungen benannt und bestraft wurden, ein Verhalten, welches sie zwar nicht grundsätzlich verdammte, es aber als eigentliche Ursache ihres persönlichen Elends begriff. Und immer, wenn es passte, ergänzte Rita mit Beiträgen aus eigenem Erleben, welche Lisas Aussagen noch einmal auf den Punkt brachten bzw. das Geschilderte unter veränderter Perspektive verdeutlichte.

Die beiden Frauen verstanden sich, mochten sich und offenbarten sich, und sie mussten wissen, dass sie nicht allein waren. Es schien ihnen nichts auszumachen.

Mir dagegen war, als ob ich einem Geheimnis lauschte, zu Unrecht Zeuge eines Zwiegesprächs wurde, welches nur deshalb zustande gekommen war, weil sich die Erzählenden so sehr in ihre quälenden Erinnerungen hineindachten und -redeten, dass sie meine Anwesenheit gar nicht mehr wahrnahmen.

Ich war froh, als jetzt eine Gruppe Inder, die offenbar zu den Freunden des Ehepaars zählte, das Lokal betrat. Lisa fuhr sich übers Gesicht, verscheuchte alles Vergangene aus ihrem Leben und verschwand eilends in die Küche. Ihr Mann gesellte sich zu den Indern und wurde sogleich mit Fragen bestürmt, auf die offenbar nur er allein eine Antwort wusste.

Aber Rita war noch immer im Dialog mit Lisa, obwohl diese uns schon lange verlassen hatte. Die berichteten Hartherzigkeiten aggressiv geführter Wortwechsel, die zugefügten Demütigungen und Kränkungen, das alles spiegelte sich noch in ihrer Mimik. Ich wagte nicht, sie anzusprechen, und so saßen wir schweigend, bis Lisa uns das Essen brachte. Was genau es war, kann ich heute nicht mehr sagen. Im Wesentlichen bestand es aus mehreren Sorten Fleisch, vornehmlich Huhn mit unterschiedlich zubereiteten Reissorten und einem Dutzend heftig wirkender Gewürze, die in kleinen Schälchen beigestellt wurden.

Als später noch weitere Gäste eintrafen, deren Bestellungen Lisas Anwesenheit in der Küche erforderten, schien die Aussicht auf den Austausch weiterer Leidens- und Herzensgeheimnisse versperrt. Rita bat um die Rechnung, während sie Geldscheine in einen Umschlag steckte. Als Lisa aus der Küchentür trat, kam Rita ihr entgegen. Wortlos fielen sie sich in die Arme, verharrten so minutenlang, bis Lisa mit belegter Stimme flüsterte, wie gut ihr diese Aussprache getan habe, wir ihre Gäste gewesen seien und nichts bezahlt werden müsse.

Schon das zweite Mal, dass ich heute Abend eingeladen wurde und nicht so recht begriff, warum. Rita allerdings zeigte sich keineswegs verwirrt, bedankte sich und erklärte mit gleich belegter Stimme, auch wir hätten ein Geschenk für sie, und schob ihr den Umschlag in die halb geöffnete Hand. Danach schienen beide entschlossen, sich allen schmerzlichen Erinnerungen zu verweigern und sich stattdessen den aktuellen Herausforderungen dieses Abends zu stellen – wie auch immer diese aussehen mochten.

Wieder auf der Straße kam mir Rita deutlich

verändert vor, sie wirkte animiert, gedanklich beschäftigt mit Fragen, die sie nun würde lösen können.

Welchen Einfluss hatte das Gespräch mit Lisa gehabt, welches doch eher dazu geeignet gewesen zu sein schien, verborgenes Leiden, nie verhandelte Zweifel sichtbar zu machen und so die generell verschlossen-bedrückte Stimmung noch zu vertiefen? Mir fiel Ritas Formulierung ein: „Auch wir haben ein Geschenk …" Tatsächlich hatte nur sie geschenkt. Wieso hat sie mich mit einbezogen? Warum war ich überhaupt eingeladen worden? Am Ende hatte zwar Lisa die Einladung übernommen, war aber dafür von Rita mehr als großzügig beschenkt worden.

Ich hatte viele Fragen an diesem Abend – und doch Hemmungen, sie zu stellen. Fragen hätten meinen eklatanten Mangel an Lebenserfahrung, insbesondere ein blamabel entlarvendes Unwissen der weiblichen Psyche, offenbaren können, und das Risiko einer derartigen Bloßstellung wollte ich auf jeden Fall vermeiden. Ratlos schaue ich zu Rita – sie schaut zurück und lächelt ein stilles wärmendes Lächeln.

Aus einem Theater quollen Menschenmassen auf die Straße, manche noch mit Melodien aus dem Musical Oklahoma auf den Lippen. Zusammen drängten wir uns durch die Menge, dankbar für jeden Rempler, der uns körperliche Kontakte bescherte, für die man sich nicht entschuldigen musste. Ohne etwas zu sagen, wanderten wir inmitten gutgelaunter Soho-Besucher.

Rita schien jetzt ganz bei sich zu sein, wirkte dabei ungeduldig, sah mich mehrmals prüfend an, konnte sich aber nicht entschließen, bis sich unsere Blicke trafen und sie mir signalisierte, ich habe Dir was zu sagen:

„Joe, da war noch Eddy, ein Neffe dieser Familie. Er war ständig um mich herum, machte Komplimente und lud mich immer wieder zu einem gemeinsamen Abendessen in der Stadt ein." Fragend schaute sie mich an – nur, was wollte sie wissen?

Rita war vielleicht keine auffallende Schönheit, eher der zurückhaltend abwägende Kumpeltyp, der in einer Gemeinschaft zwar nicht vorangeht, aber einer, auf dessen Urteil man sich verlassen kann. Dass ihr von jungen Männern der Hof gemacht wurde, konnte ja nun nicht wirklich überraschen. Wie auch immer sie mein Schweigen deutete, sie verteidigte jetzt das Verhalten ihres stürmischen Verehrers, der sei durchaus ein anständiger Kerl, aus gutem Hause und habe gewusst, wie weit man gehen könne, bevor es lästig wurde. Rita schien jetzt zu stocken. Wollte sie noch mehr preisgeben oder hatte sie schon zu viel ausgeplaudert?

Nochmals ihr prüfender Blick, aber dann redete sie drauflos: An einem Abend, als ihre Au-pair-Gastgeber außer Haus waren, es mindestens noch bis zum folgenden Tag bleiben würden und die zu betreuenden Buben ins Bett gebracht worden waren, stellte Eddy eine Flasche teuren Wein und ausgesuchte Delikatessen aus dem teuersten Feinkostgeschäft der Stadt auf den Tisch. Noch bevor sie protestieren konnte, erklärte Eddy, sie erwartungsvoll fixierend, wenn ihr dies nun gar nicht gefalle, werde er das alles wieder einpacken und für alle Zeiten aus ihrem Leben verschwinden. Wieder sah sie mich an, jetzt weniger hilfesuchend, als einem unterstellten Vorwurf begegnend: „Was hätte ich denn machen sollen?"

Der schwere Wein, die köstlichen Speisen, die geflüsterten Schmeicheleien blieben nicht ohne Wirkung. Nach dieser Nacht wusste Rita lange nicht, wie sie ihr Verhalten bewerten sollte. Sie dachte an die Unfähigkeit ihrer Eltern, Kompromisse zu schließen, an deren Vorstellungen von Ehe und Familie, so wie sie ihnen zu Zeiten der Nazi-Herrschaft eingebläut worden waren und auf deren Gültigkeit sie heute noch vertrauten.

Sie war hier in Schottland, um ihre sprachlichen

Fertigkeiten weiter zu entwickeln, damit in Werbebroschüren ihrer Ferienhäuser auch eine sprachlich gesicherte Verständigungsbereitschaft angeboten werden konnte. Und auch, so die Erwartung der rigoros urteilenden Mutter, dass sie zu größerer Konfliktbereitschaft und mehr Selbstbewusstsein fände, denn an beidem mangelte es ihrer Tochter, um erfolgreich ein Wirtschaftsunternehmen wie ihres zu führen.

Von Vergnügungen, gar amourösen Abenteuern war dagegen nie die Rede gewesen. Warum hatte sie sich überhaupt darauf eingelassen? Wie und was sollte sie bloß ihren Eltern, wohlgesinnten Verwandten, Freunden und Bekannten antworten, wenn die sich nicht mit generellen Aussagen zufrieden gaben und detailliert Auskunft verlangten?

Rita war und blieb massiv verunsichert, sie zog sich zurück, hielt Abstand zu Eddy, tat so, als ob es diese Nacht nie gegeben hätte. Und Eddy verstand seinerseits, dass Rita ihre Gemeinsamkeit bereue. Er begriff das nicht, aber die Anzeichen waren eindeutig; er hatte ein denkbar schlechtes Gewissen. Rita wies jede Aussprache zurück.

In seiner Not wandte er sich an Onkel und Tante, die sein Werben um die attraktive, umsichtig agierende Deutsche mit großem Wohlwollen verfolgt hatten, beichtete sein Zusammensein mit Rita und hoffte auf eine Art Vermittlung für ein aussöhnendes Gespräch. Aber hierdurch wurde es nur noch schlimmer. Rita hatte wenigstens auf ein gemeinsam gehütetes Geheimnis gehofft. Nun aber wusste hiervon die ganze Welt, wie sie behauptete. Sie reagierte auf jeden Vermittlungsversuch mit Ausflüchten, mit Von-nichts-Wissen oder, wenn es ihr zu viel wurde, mit trotzigem Schweigen.

„Peinlicher ging es schon nicht mehr", dachte sie. Die Verwandten – Eddy und seine Familie – mussten einsehen, dass eine Verständigung mit Rita nicht mehr möglich war. Doch andererseits war man sehr zufrieden gewesen mit ihrer Arbeit und ihrem verständnisvollen Umgang mit den ihr anvertrauten Kindern, und so wollten sie auch vermeiden, dass Rita im Zorn ging und womöglich zu Hause in Deutschland von übergriffigem Verhalten der schottischen Verwandtschaft berichte.

So kamen sie auf die fatale Idee, Rita mit einer üppig bemessenen Prämie als Auszeichnung für ihre Arbeit zu versöhnen. Dies sollte ohne viele Worte, ohne besonderes Aufheben geschehen. Aber für Rita war das der endgültige Beweis, dass hier für eine ihr zugefügte Schmach eine Art Schadenersatz geleistet werden sollte, als habe Eddy nun endlich begriffen, dass er sie in jener Nacht auf eine schäbige Art und Weise verführt, um nicht zu sagen hereingelegt habe.

Zu all ihrem Zorn kam eine quälende Unentschiedenheit, was sie eigentlich hätte anders machen sollen.

„Joe", flehte sie „sag doch was!" Ja, was denn? Ich hatte mich schon die ganze Zeit gefragt, warum sie mir von ihrer ganz persönlichen Tragödie berichtete, einem jungen Burschen, den sie gerade erst kennengelernt hatte und der ihr an Lebenserfahrung hoffnungslos unterlegen war. Oder war gerade das ein Grund gewesen? Diesem Burschen konnte sie ihre Zerrissenheit schildern, ohne dass Vorwürfe zu befürchten waren, sollte er ihr Verhalten in Zweifel ziehen, wäre sie jederzeit in der Lage, ihm Paroli zu bieten, und überhaupt wie der sie anschaute, würde er ihr alles nachsehen.

„Joe!", fragend und mahnend zugleich. Ich berührte sie vorsichtig am Handgelenk und begann:

„Rita, …" Ja, was nun? Ich hatte den Satz begonnen, ohne eine Vorstellung davon zu haben, wie er enden sollte. Ich schaute sie an und hoffte sehr, sie würde in meinem Gesicht all das lesen können, was auszudrücken ich sprachlich nicht in der Lage war, wie sehr ich mit ihr und für sie empfand.

Aber Rita erkannte nur die pure Hilflosigkeit ihres Begleiters, der zwar alles für sie tun wollte, aber nicht wusste, wie er das anstellen sollte.

Sie wollte sich erklären, es auch ihrem Begleiter begreiflich machen, die Umstände, die Absichten und all die verhängnisvollen Fehlinterpretationen, die sie in ihre fatale Situation gebracht hatten; je energischer sie die Fragen stellte, Deutungen versuchte, auf Nachfragen reagierte, um so erholter, um so entschlossener wirkte sie.

Nicht immer war ich mir sicher, die richtigen Worte gewählt zu haben.

„Joe, der wusste genau, was er wollte, der hatte sich vorbereitet und wollte von Anfang an nur das eine!"

„Ja, was sonst?", dachte ich und überlegte lange, was Rita mit *hatte sich vorbereitet* gemeint haben könnte. Am Ende fiel mir nur ein Kondom ein, welches Eddy wohl immer bereit hielt, wenn er sich weibliche Begleitung versprach. Aber was sollte ich Rita Kluges antworten, ohne dass sie misstrauisch wurde, dachte, was der Kerl sich eigentlich einbildete, ihr Ratschläge erteilen zu wollen.

„Rita", begann ich vorsichtig, „Eddy hat sich an seinen Onkel, seine Tante, Deine Gastgeber, gewandt, um sich mit Dir auszusöhnen, er wollte Deine Liebe. Er hatte eine attraktive Frau gesehen, konnte sie tagelang beobachten, war Feuer und Flamme, war überzeugt, mit der kann ich glücklich werden. Ein körperlicher äh ... äh ... Kontakt war sicher nicht von Anfang an beabsichtigt."

Ich hatte all meine kneipenpsychologischen Erfahrungen aufgeboten, um sie friedlich zu stimmen, wusste aber auch, dass derartige Ratschläge eigentlich nur im Dialog mit alkoholisierten Kneipengästen Erfolg versprachen, schaute sie unsicher an, darauf gefasst, dass sie mir heftig widersprach, kommentarlos eine runterhaute oder doch ins Grübeln geriet.

„Meinst Du?", wollte sie dagegen wissen.

„Kann ich mir gut vorstellen", nickte ich erleichtert.

Sie gewann zunehmend Abstand zu den Ereignissen, ihren Reaktionen und den damit verbundenen Schamgefühlen. Die beteiligten Personen gerieten ihr mehr und mehr zu Vertrauten, die am Ende alle nur in bester Absicht gehandelt hatten, deren Verhalten jedoch folgenschwer missdeutet worden war. Rita entdeckte zu allem hinterhältigen Tun eine schlüssige, eine entschuldbare Motivation. Selbst ihre eigenen Reaktionen beurteilte sie als nachvollziehbar, wenngleich wenig sinnvoll.

Am Ende ein einziges Missverständnis? Wohl nicht mit dieser Entschiedenheit. Aber Rita hatte durch ihre überlegt formulierten Erinnerungen vieles an Emotionen beiseite räumen können, hatte besonnener und nunmehr selbstbewusst ihre Erlebnisse analysieren können und so entscheidend an Selbstsicherheit gewonnen.

Sie schien am Ende mit sich versöhnt zu sein, war sicher nicht mit allem einverstanden, was geschehen war, aber erkannte jetzt, wie sehr sie selbst an ihrem Unglück beteiligt gewesen war und wusste auch, dass alles erklärt werden konnte, auch ihren Eltern. Sie sah sich als Anwalt in eigener Sache, fühlte sich jetzt frei von Schuld und Scham.

Ich hatte Mühe, mit ihr Schritt zu halten. Wir spürten eine späte gemeinsame Genugtuung, wie sich der wenig verheißungsvolle Beginn dieses Abends doch noch ins Gegenteil verkehrte, und wanderten hoch zufrieden und ohne Eile Richtung Hotel.

Oklahoma

Wir hatten uns zum Frühstück verabredet und trafen uns schon am Eingang des kleinen Frühstücksraums. Rita wirkte gefasst und selbstsicher. Während wir uns einen Platz in Fensternähe suchten, beobachtete uns im Hintergrund Betty. Sie wollte wohl wissen, wie es denn nun weitergehe mit der von ihr eingefädelten Liaison, denn dass es sich um eine solche handeln musste, davon ging sie ganz selbstverständlich aus.

Betty hatte uns gestern kurz vor Mitternacht mit einem satten Lächeln empfangen, dem nur eine Botschaft zu entnehmen war: Das habt ihr mir zu verdanken. Das stimmte ja auch und wir hatten bestimmt nichts dagegen und würden ihr die Urheberschaft auch gern bestätigen, wenn sie ein solches Bekenntnis verlangte. Betty hätte gerne mehr, d.h. alles über den Verlauf und die Höhepunkte des gestrigen Abends erfahren, aber ganz spontan und ganz ohne Absprache waren wir uns einig gewesen, hierüber zu schweigen. Nicht dass besondere Intimitäten zu verraten gewesen wären – die hatten gar nicht stattgefunden. Vielmehr war eine geglaubte, aber deswegen nicht weniger intensiv erlittene Tragödie durch glückliche Umstände in eine Erinnerung verwandelt worden, die alles Geschehen in nachvollziehbare und bejahende Zusammenhänge gerückt hatte.

Rita wollte ihren neu gewonnenen Seelenfrieden allein für sich, wollte keine Gefährdung ihrer Gefühle. Darüber zu reden, berge die Gefahr, es könnten Zweifel entstehen, an neu gewonnener Zuversicht gerüttelt werden und derartigen Überlegungen sei von Anfang an entgegenzutreten. Ganz abgesehen von Ritas Unwillen, sich mitzuteilen, war ich davon überzeugt, dass eine sachgerechte Darstellung der gestrigen Ereignisse viel zu kompliziert gewesen wäre und Betty auch nur wenig interessiert hätte.

Nach dem Frühstück warteten wir auf das Taxi, welches Rita bestellt hatte und das sie zum Flughafen Heathrow bringen sollte. Trotz ihres wiedererlangten seelischen Gleichgewichts blieb sie entschlossen, das ihr missverständlich zuerkannte Prämiengeld so schnell wie möglich wieder loszuwerden. Mit der U-Bahn wäre es nämlich genau so schnell und bedeutend billiger gegangen.

Ich stellte ihren Koffer ins Taxi und streckte meine Hand aus, um mich zu verabschieden. Aber damit war Rita nicht einverstanden, sie kam mir ganz nah, umarmte mich, drückte mich und versprach: „Wir bleiben in Kontakt." Ich war nicht davon ausgegangen, dass wir uns zum Abschied in die Arme nehmen würden, hatte es zwar sehnlichst erhofft, aber auch nicht gewagt, es anzudeuten, um nicht zu provozieren, als Bitte um ein Zeichen gleichgroßer Zuneigung verstanden zu werden. Nun aber hatte Rita entschieden – ich war glücklich. Wir umfassten uns, drückten die Köpfe aneinander und wollten schier nicht voneinander lassen, – bis sich der Taxifahrer vernehmlich räusperte und wissen wollte, welches Gate in Heathrow anzufahren sei.

Betty war nun mehr denn je davon überzeugt, ein ganz großes Glück auf den Weg gebracht zu haben, und das erfüllte sie mit Fröhlichkeit und Stolz. Ihre Unbekümmertheit und die Selbstverständlichkeit, mit der sie ihre Entscheidung getroffen hatte, gefielen mir gar nicht. War ich doch davon überzeugt, meine ersterlebten, alle Sinne mobilisierenden Verliebtheitsgefühle, einer betörenden Beseeltheit gleich, seien einzig, niemandem sonst auf dieser Welt seien solche je widerfahren, noch wisse er davon. Nun aber stellte Betty ganz lapidar und fast nebenbei fest, dass mit derart wundersamen Gefühlsausbrüchen immer zu rechnen sei, wenn sich zwei junge Menschen zur rechten Zeit begegneten, insbesondere wohl dann, wenn von ihr arrangiert.

Ich wollte und konnte dennoch nicht von diesem Gefühl der Einzigartigkeit lassen. Wäre ich jetzt zuhause in meiner norddeutschen Heimat, würde ich mich still in eine Ecke verkriechen, wo mich niemand vermutete, eine spannende Erzählung aus meiner Karl May-Sammlung greifen und den Rest des Tages mit Erinnerungen und Phantasien im Sessel verbringen. Das alles war ja hier leider nicht möglich. Aber ich könnte auf einer der Hauptgeschäftsstraßen Londons entlangwandern, hätte die Straße, den Verkehr, den Lärm, ähnlich einer Kulisse, um mich herum und wäre gleichzeitig doch allein mit mir und meinen Träumereien.

Schon wenig später umgab mich Straßenlärm, blendeten mich Leuchtreklamen und Auslagen, fügte ich mich in den Strom der Fußgänger, achtete auf Fußgängerampeln, auf mit- und querlaufende Passanten und war doch weit weg davon, sie bewusst wahrzunehmen. Ich hätte später niemals sagen können, was sich zu diesem Zeitpunkt in dieser Straße ereignet hatte oder auch nur zu sehen gewesen war.

Nach Überquerung einer verkehrsreichen Seitenstraße erkannte ich den mächtigen Gebäudekomplex von Harrods. Im Eingangsbereich lauerten zwei livriert gekleidete Aufpasser, die darauf achteten, dass hier keiner Zutritt fand, der dem Renommee dieser Institution schaden konnte. Ich konnte mir allerdings auch nicht vorstellen, dass man es hier wirklich mit verwahrlost aussehenden Gestalten, Betrunkenen, Randalierern oder gar krawallsuchenden Gruppen zu tun bekäme, wohl eher mit politisch motivierten jungen Leuten, die einem überbordenden Kapitalismus die Stirn bieten wollten.

Mit ernstem Blick und in geschäftiger Manier, so als ob ich hier täglich meine Besorgungen erledigte, schritt ich eilig an den beiden Wachleuten vorbei und gelangte in eine große Halle, deren vornehmste Aufgabe es zu sein schien, mediterranes Flair zu verbreiten. Ihre Architektur erinnerte mich an römischen Villen, die wir auf Bildern im Kunstunterricht vorgelegt bekamen. In der Ausmalung dominierten Sandsteinfarben, Beige- und Brauntöne in allen Schattierungen. Dazwischen viel Grün, Palmiges und Olivenverwandtes und – natürlich auch Lebensmittel, die man anbot und verkaufen wollte. Diese waren so unaufdringlich wie aufwendig platziert, dass sie eher Schaustücken glichen, die man bewunderte, aber nicht kaufte.

In der Obstabteilung hatte ich den Eindruck, zu jedem Produkt sei das entsprechende fruchttragende Gewächs in einen Bottich gepflanzt und dazugestellt worden, damit es Glaubwürdigkeit herstelle, kein Zweifel aufkomme, es könne sich um ein reines Kunstprodukt handeln. In der Tat waren manche Apfelsorten von einer Farbigkeit und Reinheit, dass man glauben konnte, sie seien aus einer Porzellanmanufaktur entliehen und hier nur zur Dekoration bzw. als Kaufanreize ausgestellt worden.

Luxus auf Britisch hieß wohl, alles zu vermeiden, was die eigentliche Zielsetzung verraten könnte, kein lautstarkes oder aufdringliches Werben um ein Produkt. Der Profitgedanke, den auch der selbstloseste Akteur immer im Hinterkopf trug, sollte zu keiner Zeit sichtbar werden. Die Geschäfte, vor allem gute Geschäfte mit einer anständigen Rendite, entstünden dann eher nebenbei, irgendwie ganz ungewollt.

Ich dagegen kannte nur das Gegenteil. Wer in seiner Werbung nicht auf die Pauke haute, mitunter das Blaue vom Himmel versprach, der verlor sehr schnell seine Käuferschaft und damit auch seine materielle Existenz.

Auf dem Lande machte man sich zu dieser Zeit über alles, was nicht lebensnotwendig war, auch keinerlei Gedanken. Es waren weder das Geld, die Zeit, noch ein britisches Vermächtnis vorhanden, was einen derart skurrilen Snobismus ermöglicht hätte.

Als Apfelsorte kannte ich von zuhause nur den

roten Boskoop, den man im Keller auf Abstand lagerte und dann bis ins späte Frühjahr genießen konnte. Andere Sorten, wenn es sie gab, waren eher kleiner, etwas schrumpelig und meistens ziemlich sauer.

In meinem Heimatort waren viele Straßen mit Obstbäumen bepflanzt, in der Regel mit Apfelbäumen. Deren Erträge wurden, noch am Baum hängend, von der Gemeinde an Meistbietende verkauft. Wie groß tatsächlich ihr Ernteertrag sein werde, hing dann entscheidend von den dann folgenden Wetterverhältnissen und davon ab, wie sehr die Bäume von uns Jugendlichen geplündert bzw. hiervon verschont wurden. Zwar handelte es sich lediglich um Mundraub, aber wenn genügend junge Burschen häufig genug zusammenkamen, dann blieb nicht mehr allzu viel auf den Bäumen.

Da die erfolgreichen Bieter um diese Gefahr wussten, versuchten sie, allen Plünderungen zuvor zu kommen, und ernteten zum frühestmöglichen Zeitpunkt. Das blieb wiederum auch uns nicht verborgen, und so machten wir uns noch früher, das hieß viel zu früh, über das unreife Obst her. Selbst der einzig wohlschmeckende Apfel auf einem längeren Straßenabschnitt, von uns der Süßapfelbaum genannt, wurde so früh gepflückt, dass er nur zur Hälfte gegessen und der Rest auf den angrenzenden Acker geworfen wurde. Einzig verbliebene Äpfel, die unentdeckt oder unerreichbar waren und bis zum Spätherbst reifen konnten, erinnerten an den köstlichen Geschmack dieses Apfels, wenn man ihn nur in Ruhe zu Ende reifen ließe.

Von einer unzureichenden Ausreifung der hier angebotenen Obstsorten konnte allerdings ganz und gar nicht die Rede sein. Über allen Auslagen mischten sich stark duftende, angenehm riechende Aromen. Noch intensiver wurde es, als ich den Bereich von Backwaren und Süßigkeiten erreichte. Ein Schlaraffenland für Leute, für die Geld keine Rolle spielte.

In einer Extrahalle wurde Fisch verkauft. Auch hier die erwartet üppig zur Schau gestellte Vegetation. Der typische, immer etwas modrig wirkende Fischgeruch fehlte dagegen völlig, vermutlich verdrängt oder überlagert durch die ausströmenden Düfte der zahlreich im Raum verteilten Gewächse.

Neben einer Unmenge auf Schalen akkurat geordneter Fischarten und krebsartigen Meeres- und Flussbewohner standen zwei große Aquarien, in denen sich wohl gleiches Getier tummelte, aber jetzt noch lebendig.

Eine ältere Kundin wies auf ein schlankes Exemplar und die adrett gekleidete Verkäuferin fischte mit einem Kescher die wild zappelnde Kreatur aus dem Becken. Energisch packte sie das Tier und hieb mit einem kurzen Holzschlegel auf den vorderen Bereich seines Körpers ein. Aber dieser Fisch ließ sich nicht so leicht ins Jenseits befördern. Selbst nach dem dritten Schlag verrieten Zuckungen, dass noch Leben in ihm war.

Obwohl ich auf dem Lande lebte und dort Hausschlachtungen gang und gäbe waren, hatte ich mich nie daran gewöhnen können. Diese Tötungen mochten unvermeidbar seien – ich fand sie entsetzlich. Auch jetzt bildete ich mir ein, stille Schmerzensschreie gehört zu haben. Das Harrods verlor augenblicklich viel von seiner Faszination. Wenn es zur Sache ging, dann musste auch in diesem vornehmen Haus ohne florale Deckung und sehr brutal gehandelt werden. Ich hatte genug, hatte jetzt eine Ahnung davon, wie sich Luxus definiert, sich darstellt, sich anfühlt und verzichtete auf den Besuch weiterer Stockwerke.

Wieder auf der Straße, dachte ich an Rita. Zweifellos war ich verliebt, aber was war sie? Bevor ich darüber auch nur erste Überlegungen anstellen konnte, schreckte mich der Hupton eines Taxis auf. Ich hatte ganz vergessen, dass hier Linksverkehr herrschte, und meine Aufmerksamkeit erkennbar auf die falsche Straßenseite gerichtet.

Der Taxi-Fahrer erkannte offenbar eine geistige

Abwesenheit und drückte sicherheitshalber die Hupe. „Ist ja gut, den hätte ich schon noch bemerkt", beruhigte ich mich und entschloss mich erst einmal zu einer Portion *fish 'n' chips*. Danach schlenderte ich satt und zufrieden weiter, bevorzugt auf Straßen, die Auslagenvielfalt, Unterhaltung und Fülle versprachen.

Auf einmal bemerkte ich, wie mir die Straße recht vertraut vorkam. Auf ihr war ich erst gestern Abend mit Rita unterwegs gewesen. Rita blieb mir allgegenwärtig. War sie nun von gleicher Zuneigung erfasst, wie ich sie für sie empfand? Ich wünschte mir das sehr, wusste aber auch, dass wir uns unter so gegensätzlichen Lebensumständen begegnet waren, dass ein Zustand gegenseitiger Verliebtheit kaum vorstellbar schien.

Ich war eher einer Laune wegen hier, hatte eine überraschend herzliche Gastfreundschaft erlebt, den Feierabend genießende Briten in Pubs und Klubs, frei von Sorgen um ihr wirtschaftliches Überleben, vermutete den Ort Bournemouth in sommerlich warmen mediterranen Breiten und unterstellte seinen Bewohnern ein vergleichbares Lebensgefühl. In London bot Betty in der Nacht einem Obdachlosen einen Schlafplatz an meiner Seite an, davon ausgehend, dass ich über Hilfsbereitschaft und Empathie verfügte, mit ihr gleichen

Sinnes war und ihre Maßnahme guthieß. Es war eine verwunschene Welt, die ich bis dahin erlebt hatte, und auf nichts anderes als weiterhin Verwunschenes hoffte ich.

Rita dagegen war in Schottland gewesen, wohl mehr auf Wunsch ihrer Eltern, als dass sie es selbst gewollt hätte, hatte zwei Kleinkinder ihrer Gastgeber zu bändigen gehabt, sich den Avancen eines Anverwandten erwehren müssen, wurde – nach ihrer Überzeugung – mit Arglist in eine Affäre gelockt, ihre Schmach öffentlich gemacht und sollte mit einer schnöden Geldsumme ruhig gestellt werden. Noch bis zum gestrigen Abend wüteten Ohnmachtsgefühle und stille Verzweiflung – dann aber der Austausch gegenseitig bestätigender bedrückkender und leidvoller Erlebnisse mit Lisa, der Frau des Inders. Mit dieser Aussprache hatte sie sich Luft verschafft, wurde eine Blockade gelöst.

Zurück auf der Straße, war sie dann gezwungen, sich mit der Unerfahrenheit ihres Begleiters auseinanderzusetzen, ihm begreifbar zu machen, was ihr Schreckliches widerfahren war. Und sie hatte es deutlich sagen wollen, mitunter überdeutlich, mit anderen Worten, aus anderer Perspektive, aus der Sicht des Täters, eines Anverwandten, aus der Sicht eines jeden vernünftigen Menschen usw. usw. Mit diesen Erklärungen, einem sich und ihr

Tun reflektierenden Denken und Sprechen hatte sie selbst die richtigen Argumente für ein nachvollziehbares und entschuldbares Verhalten gefunden.

Rita war sicher bewusst, dass auch ich zu einem Teil an ihrer wiedergewonnenen Freiheit beigetragen hatte, aber was folgt daraus? Dankbarkeit? Sicher, aber Liebe? „Von beidem ein wenig", redete ich mir ein und war damit schon sehr zufrieden.

In einiger Entfernung sah ich das Theater, aus dem uns gestern heiter gestimmte Menschenmassen entgegen gekommen waren. Ich hatte bisher noch nie ein Theater besucht. Wer dies tat, so nach allgemeiner dörflicher Überzeugung, hielt sich für gebildet und hinreichend situiert, um sich derartigen Zeitvertreib leisten zu können.

Das Wort Theater kannte ich nur in dem Zusammenhang, dass man barsch zurechtgewiesen wurde, wenn man weiterhin auf haarsträubende Erklärungen für ein eklatantes Fehlverhalten bestand, die beleidigte Leberwurst wegen einer belanglosen Lappalie spielen wollte oder überhaupt sein albernes Getue nicht endlich einstellte. „Mach kein Theater!", hieß es dann oder in der Regel auf Plattdeutsch: „Moak kiin Theoater!"

Theater war nach Meinung meiner Landsleute ein höchst dekadentes Treiben von Leuten, die nichts anderes zu tun hatten, sich langweilten, sich wichtig nahmen und bedeutsam vorkamen, also nichts für Menschen, die ein arbeitsames, gottgefälliges Leben anstrebten.

Im Foyer hingen großformatige Plakate, auf denen die Erzählung einer Liebesgeschichte als Musical angeboten wurde. Das hieß wohl, dass manche Dialoge nur vertont zu hören waren, Akteure herzergreifende, die Handlung bestimmende Entwicklungen im Gesang verklärten oder sich Musik ganz einfach am besten eignete, um die erwünschten Stimmungen zu erzeugen. Im Grunde nichts, wofür ich mich begeistern konnte, aber *im Grunde* befand sich ohnehin nichts mehr, meine Maßstäbe hatten sich längst verschoben.

Meine Erlebnisse hier hatten schon etwas Märchenhaftes, nicht zuletzt wegen Rita, die zu Beginn unseres Kennenlernens nicht aus noch ein wusste, bis sie an einem Abend zur Überzeugung gelangte, „ich habe verstanden – alles gut". Ein Prozess, der auch wegen und mit mir zustande gekommen war und mir ihre Sympathien eingebracht hatte.

Ich war in einer Stimmung, die mich an Theater denken ließ, leichtsinnig und übermütig, hatte Zeit und Lust, Dekadenz – in der Auffassung meiner Landsleute – zu wagen.

Ich sah mich um, fast alle Besucher, die auch als solche zu erkennen waren, trugen gewöhnliche

Straßenkleidung, so wie ich sie hier auf den Straßen Londons gesehen hatte. Und dies war in der Tat ein großer Unterschied zur Kleidung, die angelegt wurde, wenn sich die Landbevölkerung ins Theater wagte, wozu man in die relativ weit entfernte Bezirkshauptstadt zu fahren hatte.

Oft waren Kleidungsstücke nur des Theaterbesuchs wegen gekauft worden, um die Bedeutsamkeit dieses Abends zu unterstreichen. Mit meiner Alltagskleidung würde ich jedoch hier in diesem Theater keine Ausnahme darstellen. An beiden Kassen stand jeweils eine Gruppe von Personen, die sich vorab in Stimmung reden wollten oder die auf noch fehlende Begleiter warteten.

Etwas unsicher näherte ich mich einer Kasse. Der massiv korpulente Kassenwart hob den Kopf, lächelte ein routiniertes Tut-mir-leid-Lächeln und erklärte, alle Vorstellungen seien seit Wochen ausverkauft. Aber es würden immer mal Karten zurückgegeben oder Reservierungen nicht wahrgenommen. Ich möge mich zu den Wartenden dort gesellen und würde dann bedient, wenn ein Ticket zur Verfügung gestellt würde. Tatsächlich dauerte es auch nicht lange, bis mir ein Ticket angeboten wurde. Ein Pfund sollte es kosten. Ich hatte keine Ahnung, ob dies nun viel oder wenig war, probierte es einfach mal: „Are there any reduction for students, I am a schoolboy?"

„We are sorry, not in the evening", lautete die höfliche Antwort. Dann schaute er neugierig und etwas spöttisch: „From where are you?" Diese Frage hatte ich mittlerweile schon häufig gehört und immer als Ausdruck eines wohlverstandenen Interesses gedeutet, jetzt aber war ich mir nicht so sicher. Es klang wie: „Hör mal, wenn Dir ein Pfund zu viel ist, weißt Du offenbar nicht, welch grandioses Erlebnis Dich hier erwartet. Wenn nicht die öffentliche Hand das Doppelte aller Ticketpreise drauflegen würde, gäbe es überhaupt keine Veranstaltungen dieser Art. Für ganz wenig Geld wird Dir Kultur vom Feinsten geboten." Die Frage, woher ich denn käme, musste als versteckt formulierte Kritik verstanden werden, ein doppelt und dreifach subventioniertes Kulturgut noch einmal verbilligen zu wollen.

Obwohl der Kassenwart seinen Unmut bereits formuliert hatte, schien er dennoch auf eine Antwort zu warten. Ich überlegte, ob ich Österreich als mein Heimatland angeben solle. Dieses Land hatte hervorragende Musiker und Komponisten hervorgebracht, deren Werke auch im Nachkriegsengland eine gebührende Wertschätzung genießen sollten. Als Besucher eines populären Musicals könnte ich eine Geistesverwandtschaft mit den großartigen

Werken meiner *Landsleute* suggerieren und so den misstrauischen Kassenwart von meiner Harmlosigkeit überzeugen. Aber als Österreicher liefe ich auch Gefahr, als Landsmann des wohl größten Kriegsverbrechers aller Zeiten identifiziert zu werden und hätte unter Umständen eine wenig freundliche Reaktion zu erwarten. Am Ende entschloss ich mich zur bewährten, allen möglichen Unfreundlichkeiten aus dem Weg gehenden Schweizer-Lösung. Er nickte anerkennend und richtete seine Aufmerksamkeit wieder auf die Liste der vermerkten, aber noch nicht wahrgenommenen Reservierungen.

Unter den Besuchern entdeckte ich auch einige Personen, die sich wie die Bühnenfiguren als Farmer oder Cowboys aus Oklahoma gekleidet hatten, jedenfalls vermutete ich das. Alles, was ich über die Kleidung, die Traditionen, das gesellschaftliche Miteinander im ländlichen Amerika von vor hundert Jahren wusste, kannte ich nur aus Wildwest-Filmen, die bei uns im Ort an jedem Wochenende angeboten wurden. Und so, wie ich die filmischen Figuren in Erinnerung hatte, so hatten sich auch einige Musical-Besucher kostümiert.

Ich verstand das nicht und überlegte für einen Moment, ob es sich nicht um die wirklichen Bühnenstars handelte, die vor Beginn im Publikum für

Stimmung sorgen sollten, aber später dann auf der Bühne die ihnen zugedachten Rollen zu spielen hatten. Tatsächlich aber waren es doch nur Besucher, die so ihrer freudigen Erwartung sichtbaren Ausdruck verliehen.

Leider muss ich gestehen, dass ich nicht allzu viel von den gesungenen Texten mitbekam. Vermutlich, tröstete ich mich, kam es darauf auch gar nicht an. Entscheidend waren die Melodien, mitreißend und eingängig, leicht zu begreifen und zum Mitsummen animierend, insbesondere die häufig wiederholte Sequenz von „Oh, what a beautiful morning, oh, what a beautiful day".

Unüberseh- und hörbar die Lust und Leidenschaft in der Darstellung und im Gesang der zu verkörpernden Figuren, auch dann, wenn nicht immer Frohsinn und Heiterkeit zu verkünden war. Immerhin wurde einer der Konkurrenten, die um die Gunst der Farmersfrau wetteiferten, erstochen – so jedenfalls deutete ich die Handlungsfolge.

Die Begeisterung und das Wohlgefühl um mich herum waren mit Händen zu greifen und ich ließ mich gern davon beflügeln.

Alles, was an gedanklicher Schwere auf mir lastete, verflüchtigte sich. Meine Furcht, Rita durch unreifes Gerede, verunglückte Kommentierungen ins Grübeln versetzt zu haben, ob sich meine Gesellschaft noch lohnte, sie es nur aus Mitleid an meiner Seite aushielt, das alles versank in einem Gute-Laune-Taumel.

Nach der Vorstellung standen noch Gruppen von Besuchern eine Weile zusammen und überlegten, wie man sich die Euphorie dieser Veranstaltung auch noch für den Rest des Abends bewahren könne. Offenbar gab es in diesem Viertel Möglichkeiten, jenseits der 23:00 Uhr-Regelung professionell unterhalten zu werden.

Für mich stellte sich diese Frage leider nicht, und so entschloss ich mich, zurück ins Hotel zu gehen. In der U-Bahn-Station und in der Bahn herrschte dichtes Gedränge, jetzt eher von fröhlichen, sich die Höhepunkte des Abends in Erinnerung rufenden Besuchern.

Da ich im sprachlichen Durcheinander wenig verstand, entschied ich mich, dies auch gar nicht mehr zu wollen, und konzentrierte mich auf die Gesichter, wie sich ihre Mimik den sprachlich geführten Dialogen anglich, diesen mitunter sogar in der Zeit um Augenblicke voraus war, wenn eine Pointe bereits erahnt, ein Wortspiel nur angedeutet und doch gleich verstanden wurde. Begegnete ich Blicken, so wurde mir ein aufmunterndes, ein einladend zustimmendes Lächeln zuteil. Leider hatte ich die Bahn nach zwei weiteren Stationen zu verlassen. Noch erfüllt von den schmissigen Melodien des Musicals, von dem stolzen Gefühl, Mitglied einer sich feiernden, sich privilegiert fühlenden Menge zu sein, schlendere ich zurück ins Hotel, erkläre die verdutzte Betty zur „most attractive wife I ever saw", flüchtete ob dieser Frechheit schleunigst ins obere Stockwerk und verdrückte mich dort in meine Schlafkammer.

Es wurde eine verstörend unruhige Nacht, voller wüst geträumter erotischer Phantasien. Die umworbene Farmersfrau erklärte jedem sie bedrängenden Liebhaber ihre ganz eigenen Vorstellungen sexuellen Vergnügens und stellte diese jede Nacht aufs Neue in Aussicht, mal war der rechtschaffene Cowboy Curly der Glückliche, mal der unbeholfene Außenseiter Judd. Plötzlich tauchte Betty in Konkurrenz zur Farmersfrau auf. Mit ihrer üppig geratenen Figur hatte sie keine Probleme, ihrer Konkurrentin erfolgreich Paroli zu bieten. Die wiederum erklärte und demonstrierte ihren in Liebesdingen ganz und gar unerfahrenen Liebhabern, wie ein Höchstmaß sexueller Ekstase auf ganz einfache Weise erreicht werden könne. Es entstand ein Wettstreit einander überbietender Verführungskünste, verwirrend und erregend zugleich. Als dann noch die blitzgescheite Molly, die mir am Strand von Bournemouth ein Wiedersehen angedroht hatte, überraschend ins Bild geriet und sich trotz ihrer wissensverliebten Dialoge als sexsüchtige, allen Schamgefühlen hohnsprechende Verführerin darbot, brachte dies ein sprichwörtliches Fass zum Überlaufen.

Ganz ohne jegliches Zutun, hilflos dem orgiastischen Zugriff meiner Gefühle ausgeliefert, entlud sich eine unwiderstehlich entwickelte Erregung in einem intensiven, emotionalen und eben auch körperlichen Erleben, d.h. ich erwachte in totaler Erschöpfung, in tiefer Entspannung, mit unerklärlicher Scham – und der Sorge, wie erklärst du Betty das durchnässte Betttuch.

Ich hätte ihr gern den Glauben genommen, ich sei leicht zu durchschauen, denke und reagiere so wie alle Teenager dieser Welt in meinem Alter, aber nach allem, was sie gewollt, geplant und beobachtet hatte, durfte sie sich rundum bestätigt fühlen.

Trotz dieser ernüchternden Feststellung ließ ich mir meine Hochgestimmtheit, die mich seit dem ersten Tag in England erfasst hatte, nicht nehmen.

Nach Hause

Heute war mein letzter Tag in England. Gegen Mittag würde ich in Waterloo Station auf die Clique meines Freundes Leo stoßen, um mit ihr den Rest der Heimfahrt zu verbringen. Ein Wiedersehen, bei dem man sich zweifellos einiges zu erzählen haben würde. Vierzehn Tage waren wir im fremdsprachigen Ausland, mit einer fremden Kultur konfrontiert gewesen. Leo und seine Freunde hatten sich darüber hinaus noch mit Mitschülern, die vielen verschiedenen Ländern und ebenso vielen verschiedenen Kulturen angehörten, arrangieren müssen. Sie alle waren nur aus dem einen Grund zusammen gekommen, die englische Sprache zu erlernen bzw. vorhandenes Wissen zu ergänzen und sich in Aussprache und Kommunikation zu üben.

Ich selber hatte es jedoch nur mit englischer Lebensart zu tun bekommen, mit vermeintlich mir verpflichteten Gastgebern, die mir Begegnungen und Gespräche in Pubs und Klubs ermöglichten, die mir allein nie gelungen wären bzw. die ich auch gar nicht erst versucht hätte; ganz zu schweigen von einer Erfahrung, von der ich geglaubt hatte, sie sei einzig und nur mir vergönnt gewesen, könne auch gar nicht mit Worten erklärt werden, sondern sei nur einer überirdischen Glückseligkeit vergleichbar.

Leo und seine Freunde wussten spannend und pointenreich zu berichten. Von einer Zahnspangenträgerin, die das gebisskorrigierende Gerät auch während des Unterrichts nicht entfernen wollte, und deren Aussprache dann manchmal so klang, als ob der Text sehr Deutsch gelesen würde. Aber zum Erstaunen aller erklärte der Lehrer diese Sprechweise als einem irischen Dialekt sehr ähnlich, anerkannt und verbreitet. Dieser Vorfall war von Ines, einer Begleiterin Leos, in einem derartigen Tonfall der Genugtuung geschildert worden, dass mir der Verdacht kam, sie selbst sei schon mal das Opfer einer abqualifizierenden Beurteilung ihres dialektunkundigen Englisch-Lehrers gewesen.

Wesentlich spaßiger sei es jedoch außerhalb des Unterrichts gewesen. Unverblümte Liebesbekundungen, fast ebenso viele Rückweisungen innerhalb und außerhalb dieser Klassengemeinschaft wurden mit Lust kolportiert, ihre Reden getragen und getrieben von der immer noch währenden Betroffenheit der Erzähler. Über sprachlich-kulturelle Missverständnisse war viel gelacht worden, romantische Bootsfahrten würden nie vergessen werden und nicht ernstgemeinte sportliche Veranstaltungen hätten viel zum Wir-Gefühl beigetragen und,

und, und. Kurzum, sie hatten jede Menge erlebt und immer einen Heidenspaß gehabt, und alle waren sich sicher, so oder so ähnlich würden sie es auch im nächsten Jahr erleben.

Ich hatte mich still in eine Ecke des Abteils gesetzt, lauschte den überschwänglich vorgetragenen Erinnerungen und dachte an Rita. Mit ihr verband mich eine ganz besondere Beziehung, deren sichtbarer Ausdruck eine innige, eine überaus spontan stattgefundene Umarmung zum Abschied gewesen war. Hieran wollte ich mich erinnern, wenn ich in Bedrängnis geriete, Niederlagen auszuhalten wären oder auch nur ein Wagnis versucht werden sollte. Darüber reden wollte ich nicht.

Das Risiko, zum Gespött der anderen zu werden, war einfach zu groß, denn die hatten sich mittlerweile in eine nacherzählte Vergangenheit hineinphantasiert, bei der manch bühnenreif dargebotener Geck die ausgelassene Stimmung zusätzlich befeuerte. Ich war mir sicher, die Wahrheit war das eine oder andere Mal arg passend zurechtgerückt worden, um so der Erzählung den rechten Witz, das rechte Überraschungsmoment verschaffen zu können. Eine ernstzunehmende Besinnung auf ein nicht von ihnen selbst erlebtes Phänomen würde in dieser Außer-Rand-und-Band-Stimmung keine Beachtung finden können, würde allenfalls als Vorlage für zusätzlich Heiterkeit auslösende Kommentierungen der hämischen Art missbraucht werden.

Aber mehr noch als eine zu erwartende Bloß-stellung fürchtete ich, den Zauber dieser Erinnerung zu verlieren, wenn ich darüber redete, noch einer oder gar viele davon wüssten. Nein, es musste mein Geheimnis bleiben, so sehr es mich auch drängte, dieser Emotion nachzugeben, ihr erzählend eine Bühne zu geben, sodass viele von diesem Mysterium einer wunderbaren Liebe erführen und ihr Verlangen, Gleiches zu spüren, meine Seligkeit noch verstärkte.

So grenzenlos verliebt ich sein mochte, so blieben doch Zweifel, was die Gegenseitigkeit dieser Beziehung betraf. Rita war klug, lebenserfahren, hatte sicher auch die eine oder andere unschöne Beziehung mit Männern hinnehmen müssen – war mir in allem weit voraus.

Ich wollte ihr gefallen, wollte trösten, bedeutsam reden, sie beeindrucken und gleichzeitig alles vermeiden, was ihr missfallen könnte. Eine Aufgabe von der ich glaubte, sie nur dann erfüllen zu können, wenn ich mich klüger, erwachsener stellte als ich war, quasi eine Rolle spielte, – ob dies gelingen würde, wagte ich nicht zu entscheiden. In jedem Falle erforderte es permanente Achtsamkeit, war sehr anstrengend und wäre auf Dauer wohl auch nicht durchzuhalten gewesen.

Durch meine zeitweilige Vertretungstätigkeit in der Kneipe meines Vaters war ich zwar geschult in einfachen Dialogen, im Setzen von Pointen, wirkte gelegentlich wohl auch ziemlich altklug, blieb jedoch in kritischen, die persönlichen Lebensumstände Erwachsener berührende Fragen ein verdruckster, seine Unsicherheit mehr oder weniger geschickt kaschierender Teenager. Mein Glück, das wusste ich, stand auf sehr tönernen Füßen.

Jetzt war Rita zurück in ihrer Heimat, und ich spürte eine seltsame Art von Befreiung, befreit von der Notwendigkeit, sie glauben machen zu müssen, ich könnte ihr über das momentan erlebte Elend hinaus ein nützlicher, gar begehrenswerter Begleiter sein. Erneute Begegnungen würden immer mit dem Risiko verbunden sein, dass mein Scheingebaren durchschaut, Rita sich ihrer Illusion bewusst wurde und jegliches Interesse an meiner Person verlor – ein entsetzlicher Gedanke.

Diesem Risiko konnte nur dadurch die Grundlage genommen werden, indem ich weiteren Kontakt zu Rita vermied – ein Gedanke, der mich keineswegs erschreckte, eher im Gegenteil, er bedeutete eben auch, dass ich in der Erinnerung die glücklichsten Momente dieser Begegnung aussuchen, alle zweifelnden Überlegungen beiseitelassen und meine Glücksgefühle hemmungslos genießen könnte.

Ich spürte eine seltsame Melancholie: Der Gedanke, trauern zu müssen, da es Rita doch nicht mehr geben sollte, wurde überlagert von dem Glauben, sich jederzeit einer betörenden Seligkeit erinnern zu können, die mich augenblicklich alle Ängste, alles Leid vergessen ließe. Ein Zauber, der mir bliebe, solange ich ihn nicht auf die Probe stellte, d.h. der Versuchung erläge, Rita für ein erneutes Zusammensein zu gewinnen.

Nur flüchtig schoss mir die Vorstellung durch den Kopf, Rita könnte es spüren, dass ich ein Wiedersehen vermeiden wollte, gekränkt sein und mir fortan jegliche Art von Zuneigung verweigern. Aber wie sollte das geschehen? Viele hundert Kilometer von mir entfernt hatte sie jetzt die Launen und Beschwerden ihrer Feriengäste zu ertragen und auf ein erträgliches Miteinander mit ihren Eltern zu achten.

Für romantische Rückbesinnungen auf eine verzweifelt erlebte Zeit mit Verwandten in Schottland und auf den Abend mit dem verliebten Jungspund, der sie trotz seiner Jugend zu trösten vermochte und ihr zur Erkenntnis verhalf, dass allem Leid offenbar nur ein banales Missververständnis zugrunde lag, dafür würde sie einfach keine Zeit finden.

Berauscht von derart glücksverheißenden Aussichten für den Rest meines Lebens lehnte ich mich an das Kopfpolster, schloss die Augen und hoffte, man werde mich von nun an in Ruhe lassen – wenigstens für die Dauer dieser Bahnfahrt.

Das monotone Rollgeräusch der Räder und die stetige Wiederkehr der Geräuschunterbrechung beim Überfahren einer Naht zweier Schienenstränge verursachten eine angenehme Schläfrigkeit und verführten zu seltsamen Gedankenspielen. Wieso war ich allein mit meiner Phantasie soviel glücklicher als wenn die Person, der ich diese Euphorie verdankte, mit mir in Verbindung treten und persönliche Dialoge für noch größerer Harmonie und Sympathie sorgen würden?

Aber ganz unabhängig davon, dass mir durchaus bewusst war, dass ich die Haltung eines liebenswerten, souverän agierenden Gesprächspartners wohl wenig meisterlich zu imitieren versucht hatte, einen den man mögen sollte, den es real aber gar nicht gab, bestand auch immer das Risiko, dass sich selbst im ehrlichen Dialog Meinungsverschiedenheiten, Missstimmungen, möglicherweise auch Antipathien entwickelten, die zu einer rasanten Abkühlung oder gar zur Umkehr des bestehenden Liebesverhältnisses führen könnten. In diesem Fall würde sich nicht nur eine überbordende Lebenslust als ein großes Missverständnis erweisen, sondern ich würde auch eine Erinnerung als jederzeit verfügbare Quelle verlieren, aus der ich allen Trost und alle Zuversicht schöpfen könnte. Das durfte auf keinen Fall passieren.

Ich war sehr zufrieden mit der Tatsache, dass Rita von nun an nur noch in meinen Träumen eine Rolle spielen würde. Da war und blieb sie untadelig, begehrte einen unreifen Teenager und plante mit diesem eine faszinierende gemeinsame Zukunft.

Die immer schwächer wahrnehmbaren Rollgeräusche wirkten wohltuend entspannend. Ich wähnte mich im Paradies und alles sprach dafür, dass es auch so bleiben würde, als plötzlich die Tür unserer Abteilung energisch aufgestoßen wurde.

Rita stand im Türrahmen.

Aufmerksam und mit vorwurfsvoller Mine blickte sie in die Runde – bereit für ein: „Da bist Du ja, Joe, wo hast Du denn solange gesteckt?" Aber was tat sie hier, warum war sie nicht bei ihren Eltern im Allgäu, so wie sie es doch versprochen hatte? Ich hatte mich auf ein Leben ohne sie eingerichtet und wollte, dass es auch so blieb.

Eilig, doch ohne verräterische Hektik verkroch

ich mich hinter einer am Haken hängenden Garderobe, entschlossen, einen tiefschlafenden übermüdeten Reisenden zu mimen, der tunlichst in Ruhe zu lassen sei und der diesen Zustand notfalls auch mit Gewalt verteidigen werde.

„Wer ist das denn?", hörte ich Rita fragen – mit erkennbarer Ungeduld in ihrer Stimme.

„Der gehört zu uns", lautete die Antwort.

Mein Gott, was mach ich bloß, wenn sie mich hier entdeckt? Für eine halbe Nacht Gefühle überirdischen Glücks, danach die Überzeugung, dass es sich besser lebte ohne sie, und jetzt verzweifelt auf der Suche nach einem Fluchtweg. Wie erbärmlich war das denn, einfach verrückt! Das verstünde kein Mensch. Nein, ich durfte einfach nicht entdeckt werden. Meine Finger krallten sich in den weichen Stoff eines hellfarbenen Kamelhaarmantels und drückten diesen fest ins Gesicht.

„Ich will sehen, wer sich hier versteckt", hörte ich Rita drohen. Mit beiden Händen zerrte sie an meiner schützend erhobenen Hand. Eisern hielt ich dagegen, nicht einen Millimeter würde ich zulassen. Erschöpft hielt Rita inne.

„Das verstehe ich nicht, wieso geht das nicht?"

„Vielleicht ist er tot", vermutete Ines.

„Totenstarre", vermutete ein anderer.

„Der sitzt doch schon seit Stunden so", behauptete ein Dritter.

„Wir müssen ihn loswerden, bevor er hier entdeckt wird", sorgte sich wieder der Andere.

„Los, anpacken, wir schaffen ihn in den Gepäckwagen, da entdeckt ihn keiner so schnell!" Energisch zupackende Hände umklammerten meine Hände und Beine, entschlossen, den gerade Verstorbenen als Gepäckstück zu entsorgen.

Gegen die geballte Kraft von Leos handgreiflicher Clique hätte ich keine Chance gehabt. Mein Versteckspiel hätte ein höchst unrühmliches, ein jämmerliches Ende gefunden. Das Ende meiner Existenz stand unmittelbar bevor.

Der kostbare Mantelstoff zerriss mit einem hässlichen Geräusch. „Nein!", schrie ich, wollte ich, aber das Entsetzen schnürte mir die Kehle zu. Heftig nach Luft schnappend riss ich die Augen auf und blickte in eine besorgt belustigte Mimik von Leo.

Alle seine Freunde hatten von dem Drama, das sich in ihrer unmittelbaren Nähe abgespielt hatte, offenbar nichts bemerkt. Sie ergötzten sich weiterhin im Wiederaufleben von Episoden, Wortwechseln, vermeintlich britischen Marotten, die sie alle als lustig, als urkomisch, in jedem Falle als höchst unterhaltsam empfunden hatten.

„Joe was ist?", wollte Leo wissen. „Du schaust

so verwirrt."

„Ja", murmelte ich, noch immer unter dem Eindruck, nur haarscharf einer selbstverschuldeten Hinrichtung entkommen zu sein, und ließ offen, ob ich die Verwirrung bestätigen oder nur zu erkennen geben wollte, ich hätte ihn verstanden.

Ich brauchte jetzt Zeit, ein bisschen nur, um mich wieder ins Gleichgewicht zu retten, den Alptraum als unerhörten, mich grundlos ereilten Schicksalsschlag zu erkennen und so zu tun, als habe es ihn nie gegeben.

„Später!", erklärte ich und hoffte, er werde meinen Wunsch respektieren. Das tat er auch, aber wohl nur deshalb, weil er das Schwelgen in erlebten oder auch nur eingebildeten Erinnerungen mit seinen Freunden einem Dialog mit seinem irr blickenden Schulkameraden vorzog.

Im Religionsunterricht hatte ich gehört, dass professionelle Traumdeuter Königen ihre Träume deuteten und diesen Träumen manchmal reale, d.h. deutbare Umstände zugrunde lagen, die über das Wohl und Wehe des Herrschers, seiner Regentschaft und seines Volkes entschieden. Alpträume signalisierten Unheil, zurückzuführen auf zuvor begangene Verfehlungen des Träumenden. Ich allerdings war mir keiner Verfehlung bewusst, wies alle Schuld von mir, konnte mir diesen hinterhältigen Anschlag auf Leib und Leben absolut nicht erklären.

Eines allerdings hatte dieses Schreckensszenario bewirkt, ich war zurück – zurück aus einer Welt, die so ganz anders war als die, aus der ich gekommen war. Aus einer Welt, in der die Zeit nach der Arbeit im Mittelpunkt stand, Pub-Besuche verabredet wurden, im Klub die tagesaktuellen Börsendaten analysiert und Kaufempfehlungen gehandelt wurden, Rendezvous von jungen Leuten an angesagten Plätzen auch nach mehrstündiger Anfahrt stattfanden, wo die Delikatesse Fisch in Straßen und am Strand von jedermann so ganz nebenher erworben und verzehrt werden konnte, wo Tag für Tag Tausende von Besuchern ihre Freizeit kulturellen Veranstaltungen widmeten, Zeiten dringend benötigten Broterwerbs gegen schnöden Lustgewinn tauschten.

Im Gegensatz hierzu kehrte ich zurück in eine Welt, in der die Zeit der Arbeit im Mittelpunkt aller Überlegungen stand, und hatte man keine, so richteten sich alle Anstrengungen und Mühen darauf, eine solche zu ergattern, gelang auch dies nicht, so versuchte man mit Gelegenheitsarbeiten, sich ein halbwegs würdiges Dasein zu verschaffen.

In wenigen Stunden würde ich wieder zu Hause sein, stünde des Abends hinter der Theke, wenn mein Vater darum bat, und erlebte die Stimmungen, den Ärger, den Groll, seltener lautstark bekundete Empörungen, eher mühsam unter Kontrolle gehaltene Frustrationen meiner Kneipengäste. Manchmal war es auch nur Erschöpfung und stiller Stolz, den ich erkannte, wenn ein sonnengebräunter Landarbeiter nach getaner Arbeit in sengender Hitze bei körperlich anstrengender Tätigkeit sein Bier bestellte, einen tiefen Zug tat, mich zufrieden anlächelte und wohl denken mochte: „Junge, wenn Du wüsstest, wie sehr sich unser beider Leben unterscheidet, dann ..." Was dann wäre, würde er wohl auch nicht sagen können. Tätigkeiten, die nicht mit einer körperlichen Erschöpfung endeten, waren für ihn keine richtigen Arbeiten.

Wenn es mal spät wurde, reichlich genossener Alkohol Hemmungen beiseite räumte, dann drängte es manchen, sich seiner Soldatenzeit zu erinnern, darüber zu reden, was er bisher verschlossen hielt, weil höchst unterschiedlich darauf reagiert worden war. Von anerkennender Bewunderung bis hin zum Vorwurf verbrecherischen Tuns war auf dieselbe Erzählung geantwortet worden, so dass sie selber am Ende nicht mehr wussten, was sie gewesen waren: Helden oder Verbrecher.

Aber ihre eindringlichen und häufig impulsiv vorgetragenen Schilderungen fesselten, ließen mich mitunter glauben, ich könnte es an ihrer Stelle gewesen sein, der als Melder durch feindliche Linien kurvend kriegsentscheidende Informationen überbracht hatte. Ich blieb fasziniert, auch dann, wenn ihre Erzählungen manchmal Märchen glichen und mich wundern ließen, wieso Deutschland den Krieg verlieren konnte, obwohl es doch so mutige, so durchweg ehrenhafte Soldaten in seinen Reihen hatte.

Leider muss ich bekennen: Die Frage, ob schuldig oder heldisch interessierte mich nur am Rande. Ihre Erzählungen zogen mich in ihren Bann. Ich hing an ihren Lippen, nickte anerkennend, wenn sie sich Bestätigung erhofften, schüttelte missbilligend den Kopf, wenn sie Abscheu erwarteten, stellte Fragen, auf die sie nur gewartet hatten, verschaffte ihnen so jegliche Gelegenheit, ihr Tun zu rechtfertigen.

Aber auch jüngere Kneipenbesucher vertrauten mir ihre kleinen und manchmal auch größeren Geheimnisse an. Von Kalli, dem Schönsten seines Jahrgangs, nur wenig älter als ich, hieß es, er könne jedes Mädchen im Dorf haben, und er hatte diese seine Fähigkeit auch schon einige Male unter Beweis gestellt. Aber Kalli liebte auch den Fußball, und diese schweißtreibende Tätigkeit verlangte eine ausgleichende Zufuhr der verloren gegangenen

Flüssigkeit. Hierbei bevorzugte Kalli besonders die Biersorte, die bei uns aus dem Fass gezapft wurde. Eines Tages ging das Gerücht, er habe Rike geschwängert, ein junges Mädchen, welches sehr mit seinem Aussehen haderte und diesen Mangel auch nicht durch andere, da auch nur in Maßen vorhandene Talente geistiger oder handwerklicher Art, wettzumachen vermochte. Kalli bestritt lange Zeit seine Vaterschaft, bis er sie schließlich doch zugab. Fortan benötigte er auch keinen zuvor erlittenen Flüssigkeitsverlust mehr, den es zu kompensieren galt, sondern er trank einfach so, um die vermeintliche Schmach aushalten oder wenigstens für eine Weile vergessen zu können.

Wenn er dann zu mir in die Kneipe kam, war er immer schon ein wenig angetrunken, suhlte sich im Selbstmitleid, bat den Herrgott um Vergebung mit dem Bibelzitat „Herr vergib ihnen, denn sie wissen nicht was sie tun" und bestellte ein weiteres Bier. Die immerfort wiederholte Selbstbezichtigung weckte zunächst Sympathie, aber die bei jeder Bierbestellung trostsuchende Formulierung nervte dann doch nach der zehnten Bestellung. Ab der fünften ermahnte ich ihn, es nun endlich gut sein zu lassen, den Kummer seiner Mutter zu bedenken. Dann dauerte es eine Weile, bis er antwortete, dann hob er den schwer gewordenen Kopf, schaute mich aus halb geschlossenen Augen an, deren helles Blau jetzt verdächtig wässrig glitzerte, holte Luft, wohl um mir klarzumachen, dass ich von der Tragik seines Schicksals absolut keine Ahnung habe, ließ es dann aber, um mit halberstickter Stimme seinen Herrgott erneut um Vergebung zu bitten.

Nicht immer wollte ich alles hören, was sie mir anvertrauten, nicht immer verstand ich, was sie mir – Vertraulichkeit beschwörend – mit vorgeneigtem Oberkörper zuflüsterten, dann senkte ich meinen Blick, lächelte ein stummes, vieldeutiges Lächeln und hoffte auf Nachsicht und ihre Einsicht, ich habe verstanden, möchte es aber nicht weiter kommentieren. Ein Verhalten, welches sie mir zugestanden, auch dann, wenn sie spürten, ich kaschiere schieres Nichtwissen und entstandene Verlegenheit.

Wenn sie Niederlagen beklagten, ungewöhnliche Erfolge von Kontrahenten zugeben mussten, ganz allgemein staunenswerte Entwicklungen in Politik und Wirtschaft kommentierten, dann klang es immer so, als ob auch sie auf der Gewinnerseite hätten stehen können, dass nur Umstände, für die sie nicht verantwortlich waren, ihren Platz auf der Seite der Sieger verhindert hätten. Mit anderen Worten: Sie hatten für jedes Ereignis eine plausible

Erklärung, so dass ich die Überzeugung gewann, in ihrer Gemeinschaft würe ich nie allein sein, hier würde mir die Welt erklärt werden, wären mir Trost und Mitgefühl gewiss.

Wahrscheinlich waren sie noch nie einer Person begegnet, die ihrem Selbstbewusstsein, ihrem Selbstverständnis so sehr schmeichelte, wie ich es – eher ungewollt – vermochte. Sie spürten meine Bewunderung, meine mitfühlenden, ihr Denken und Tun vorbehaltlos akzeptierenden Emotionen und – sie mochten mich auf ihre Art.

Ein Umstand soll allerdings nicht verschwiegen werden, der mir ihren Respekt einbrachte, für den ich aber auch nichts aufzubringen hatte. Das war die Tatsache, dass ich als einer der wenigen aus unserem Dorf das Gymnasium, die *groade Schaule* in der Kreisstadt besuchte, und meine Kneipengäste in mir wohl schon den künftigen, allseits respektierten Akademiker sahen.

Ich freute mich darauf, sie wiederzusehen.

Werner Marischen

unterwegs

... Kabul .. Delhi .. Benares .. Colombo ...

Eine Reise

Dieses Buch wird sich nicht mit dem beschäftigen, was der Besucher oder Tourist von den bereisten Städten und Regionen allgemein als kulturell bedeutsam, landschaftlich spektakulär oder architektonisch einzigartig bewertet und erwartet. Es ist vielmehr eine Reise mit dem Reisenden, seinen Erfahrungen, Erlebnissen, Träumen und Sehnsüchten

Reneé Repotente

Werner Marischen

Nichts zu tun

Lebenserinnerung

Die Zeit nach dem Krieg war eine außergewöhnliche Zeit und sie dokumentierte sich nicht nur in den Trümnern und Tragödien dieses Landes. In dieser Zeit, in der alles sich dem Vergessen, dem Aufbau und Fortschritt unterordnete, waren Kinder eher eine Last denn eine Bereicherung, und wenn eines das Auto der Familie zu Schrott fuhr und nur mit viel Glück überlebte, muss es sich als erstes fragenlassen, ob es denn nichts anderes zu tun gehabt habe!

Werner Marischen

„*Alemanni giff-giff*"

... *Kairo ... Jerusalem ... Istanbul ...*

Eine Reiseerzählung

schardt verlag

Zwei Gymnasiasten brechen in den großen Ferien des
Jahres 1962 auf, um per Anhalter den vorderen Orient zu
erleben. Begegnungen mit Pilgern und Einheimischen
machen sie mitunter stumm und staunend, machen Angst
und beschäftigen ihre Phantasie. An heiligen Orten
streiten sie über den rechten Glauben, sind für wenige
Augenblicke von der irdischen Gegenwart Jesu überzeugt
und behaupten in Bedrängnis ein Gotteswunder.